相约有你的日子一醉方休

王凤麟 著

人民东方出版传媒
東方出版社

图书在版编目（CIP）数据

相约有你的日子一醉方休 / 王凤麟 著. —北京：东方出版社，2016. 6
ISBN 978-7-5060-9120-6

Ⅰ. ①相…　Ⅱ. ①王…　Ⅲ. ①纪实文学—中国—当代　Ⅳ. ①I25

中国版本图书馆 CIP 数据核字（2016）第 157747 号

相约有你的日子一醉方休
（XIANGYUE YOUNI DE RIZI YIZUIFANGXIU）

作　　者：王凤麟
责任编辑：陈丽娜
出　　版：东方出版社
发　　行：人民东方出版传媒有限公司
地　　址：北京市东城区东四十条 113 号
邮政编码：100007
印　　刷：北京京都六环印刷厂
版　　次：2016 年 8 月第 1 版
印　　次：2016 年 8 月第 1 次印刷
印　　数：1—13000 册
开　　本：710 毫米×1000 毫米　1/16
印　　张：18. 5
字　　数：150 千字
书　　号：ISBN 978-7-5060-9120-6
定　　价：36. 00 元
发行电话：（010）85924663　　85924644　　85924641

相约有你的日子一醉方休（自序）

一天，突然悟到，人的老去并非悄悄地，渐渐地，而是冷不防就突降而至。

从孩童，到丈夫，到父亲；从学生，到工人，到干部；从刀笔小吏，到专业作家；从普通职员，到高级职员，到高级职称知识分子。

前半生，阶梯式腾挪跳越，经历大致如此。而人生履历中最豪华最值得点赞也溜走最快最易被忽略的阶段，就是如今“80后、90后”们这般年纪，二十几岁至三十岁之间。

往事如烟，缥缈着憧憬未来的梦，美化了岁月的年轮。往事是酒，散发着麯酿的香，浸染着每一天的时光。那些曾经有你的日子，我们懂得了什么叫懂得，什么叫珍惜，什么叫怀恋，什么叫光阴，即使见到一条小溪，情怀也会顺着溪流走向远方，走回过往。

小时候，盼长大，长大了，盼老成，老成了，又开始羡慕年轻的一代。这期间，有过贫困的窘迫，体罚的磨砺，奋斗的坎坷，面壁的孤寂，以及失意的苦闷。诚然，也曾有过成功的喜悦，成名的荣华，落魄的沮丧，逆境的懊恼，乃至初恋的甜蜜，热恋的疯狂，失恋的无着。就这样，逝水流云，百折千回，恍然间步入了耳顺之年。

抑或这部随笔漫谈式的纪实文学，就是我半部人生的所感所悟和某些经历的回眸与远眺，就是我对我所经历过的友人的重新判断和审视。人的大脑不是海，却比海洋容纳百川。能够镌刻在脑海深处的，就是这本小书里的自己和某些人某些经历片段的逝水流年，月圆月缺，喜怒哀乐，生离死别，爱恨情仇。现在，就把这些也许并非异彩纷呈的故事，送给曾经或正在孤单、迷茫、脆弱的你，让我们共同真实地再次走进你我并不宽敞的内心，以心交心，相互慰籍，一起共鸣。

当初，为了摆脱穷困，急于出人头地。小有所成之后，又曾一度朝秦暮楚、崇尚自然，想如陶渊明那样闲适放空，回归田园一隅。然而，改革开放和城镇化建设使农工商贸沸沸腾腾，整个中国都成了大兴土木的建筑工地，农民自己的耕地都难以自给自足，有的甚至已经流离失所，哪还有闲置的田亩叫你采菊东篱下，悠然见南山呢?

物质的极大丰富，有时也会派生出精神和信仰的浑浊。就如一个温饱思淫欲的难以自控的荡妇，即使一个百年推崇理性的社会，也会转瞬间变革为人欲横流、遍地铜臭的非理性时代。

宇宙太大，增长的极限太长。人类无法顾及身后百年的事情，三岁小儿也不可能有垂暮老人的悲哀。

于是乎，几乎所有人都变得人心不足，欲壑难填，人人都没了安全感，整个社会主旋律都变成了俩字儿：浮躁，四个字：极其浮躁。

社会的进步显而易见，世界的混乱也有目共睹。人类的思想越来越复杂，思维也越来越抽象。改革开放呼唤起全民的欢呼雀跃，人人都以为一夜之间就会天上掉下馅饼，年轻人觉得自己通过打拼个个都是明天的马云。殊不知，这是迈向无序世界最直接、最便捷的途径。原有的秩序打破了，生产混乱，通货膨胀，重复建设，非法竞争，下岗失业，浪费惊人，资本主义的种种弊端，如今也渐渐地浸透到我们的社会里，如贪污腐化，官商勾结，道德颓败，世风日下，偷盗、抢劫、绑票、杀人、贿赂、拐骗、欺诈、吸毒、嫖娼、卖淫、邪教、帮会，都出来了。天下不宁，乡土妖人也兴风作浪。特异功能，妖魔鬼怪，呼风唤雨，顶礼膜拜，把人们弄得魂不守舍，颠三倒四。封建主义的残余痼疾，加上资本主义的拜金主义，形成了巨大的社会耗散和心理空洞，整个世界都浮躁难耐，动荡不安。

萨特的自我选择的充分自由，尼采的权力意志的蒸蒸日上。男人为了钱可以出卖朋友，女人为了钱可以出卖自己。大款们用金钱去收购女人，然后死在女人的床上，女人还在叹喟：哇，男人好伟大呀！潦倒者拿匕首来填充明天的肠胃，然后进到铁窗里苦度余生，还沾沾自喜总算有口饭吃。寡廉鲜耻巧取豪夺的不良企业主比比皆是，纨绔子弟的特权已造成严重的社会公害。生命在于运动，升官在于“活动”。男人们总爱道真言语：天底下只有完美的情人，绝不会有完美的妻子。女人们也在大声疾呼：人世间只会有金钱中的爱情，绝不会有贫困里的情爱。人，似乎成了穿着衣服的猴子；猴子，则走进荧屏成了会说人话的影视明星。

人，究竟是什么？似乎恰好对应了古欧洲的一句老话：一半是野兽，一半是天使。

正如政治经济学中存在的一个基本错觉：人们只是一味生产，而不是想办法去找到能源物质。事实上能源和物质也是一种资本。它是更迭的，无限的，不可替代的。

从有序状态到无序状态，其过程应该被称之为熵。熵，代表无序的程度和状态。比如一袋小米和一袋芝麻，分开时是有序的，混到一起就是无序的，若再恢复原态，几乎没有可能。

本书大部分章节有纪实有虚构，有隐喻暗喻和借喻，也必然有你有我也有他。就作者本意初衷而言，其内涵还是在呼唤人的本性复归，吟唱人的野性壮美，涕泗沧桑，热吻悲凉，是在呐喊理性的伟大，是在高歌诚信与善良的圣洁与崇高。其中诸多篇章和故事虽然多是悲剧故事，却也没有忽略这个世界上的主流价值取向、审美时尚和大众需求，相信读者也会领悟到唱着挽歌前行的快感和动力。

真爱还是有的，万一你哪天就当真了呢？

当然，审美不是审丑，文学也不是理学。作者的本意归本意，主观臆断妥否，尚不敢自诩。正如男人总是在落魄的时候才会想到女人，而在成功后想到的第一个人常常不是女人一样，我在写作时或在日常生活中也是常常不能克制自己。因此，常使自己的聪明表现为愚蠢，机敏表现为迟钝，热情表现为幼稚，真诚表现为恶毒，义正言辞也有时哗众取宠。瞻望旅途，回首心路，是追寻，也是逃避；是记录，也是告诫。人面虽相对，心却在天涯。因而在舆论一律和人人都活在铠甲当中的时代，我常常不能明哲保身和保全自己。唯能聊以自慰的是，当今之世每个人都有自己的选择，自己的活法，没有谁能够修炼到含而不露，晕而不眩，无欲无愠，若智若愚，寄天地而消长，随日月而周旋这般境界。

好在，今天就是明天的昨天，日子总在一天天远去。

这本集子的所有篇目，既有昨晚的感叹怀旧，也有今晨的畅想遐思，既有化力量为悲痛的缅怀，也有视神奇为腐朽的摒弃，既有面对残酷现实的无助无奈，也有遭遇激情爱情的甜美与苦痛。好在，开心一天是一天，好死不如赖活着。雾霾里的阳光虽然不怎么剔透，却也仍在挣扎着普照大地。我们每个人也都在向往无霾的日后和以往，都在信心满满地走过今天、明天和昨天。

当然，好言难劝该死的鬼，有的人杀完猪才想起吃素，还有的人庙都建了却又不想去当和尚了。对于此类人等我们也只能说，咱是管杀不管埋，河里鱼否市上看。

作品一旦问世，就已经不属于作家自己，而是归属整个社会。为王不为圣，称圣不窥权。秦皇汉武、唐宗宋祖莫不如此。道德十分完美的人很难称王，既已确认自己就是一枚屌丝，就不要再去过度追求道德完美和精神占有。当然，对于尊敬的读者，我们都在同一穹顶之下，我们都一样地只有行程没有归期。所以，我们无须虚伪，无须取悦，无须寒暄，无须忽悠，甚至无须留下 ID 和住址。但是，我必定会天天都在热切地期盼着，你会捧起这本《相约有你的日子一醉方休》，我们能够在某个闲暇之时或黄昏日落之后如期造访。一醉，方休。

一起，轻轻地，走过从前。

睡去的，是月亮。醒来的，是太阳。

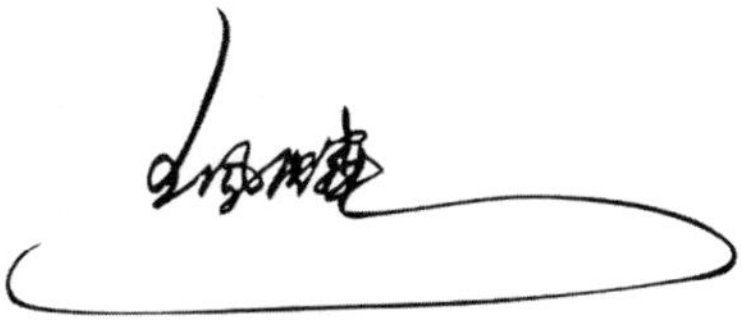

2016 年 3 月 28 日

目　录

我把自己裸给你

题记：

你若不嫌我胆苦，我会把肝拿给你吃。

一次聚餐，一位所谓预测大师实则就是算卦先生给好友们各种胡诌八咧，多是面朝大海、春暖花开。也是醉了。

命理有八卦和星座属相之说。星座发源于西方，属相生肖是东方古文化的硕果。但无论东方西方，文化还是神话，结论皆为让人感叹自己命运的无法驾驭，最终归于神祇和宿命。

我属羊。属羊人还有很多。牛逼的属羊人更多。传媒大亨默多克，苏联前总统戈尔巴乔夫，韩国前总统全斗焕，都属羊。

我所知道和没有详考的属羊人多是名人伟人和高人。而我，却一介草民，草根儿中凡人的凡人。

我属羊不是我的决定，而是我爸我妈在辛未年也就是羊年那一年也许是主观也许是非主观地生了我。所以并非是我故意攀附风雅故意要与那些名人伟人一起属羊，而是我爸我妈同房所致的天意或者是我爸我妈偶然或非偶然地让我属了羊。

那一年，毛泽东领导着中国人民完成了新中国国民经济生产的第一个五年计划，而我爸我妈却完成了我。

我的羊，大约是 20 世纪第五个羊年的羊，也就是开元纪年以来第一百三十个羊年即 1955 年的羊。那一年，中国的可统计人口是四亿五千万。半个世纪后的今天，中国人口到底是十四亿还是十五亿，却糊涂庙里糊涂经，反而很难说得清楚了。

难得糊涂是人生的高端境界，但是在很多人疑惑自己不知从哪里来、要到哪里去的今天，处处都在做假，十分可怕。

耳顺之年，意味着年华已经老去，或者正在老去。可我却与很多就要老去和正在老去的男人女人一样，死乞白咧地不想老去而且正以百倍千倍的努力继续扮酷和继续挣扎着年轻，竭尽全力地在使依附于自己生理的思想与性情都能最大限度地将青春进行到底进行到死。

所以，小时候，盼长大；长大了，盼老成；老成了，又痛恨自己生之过早，羡慕、嫉妒和爱护年轻的晚辈后生和屌丝。

小时候，家里的贫穷让我刻骨铭心。至今，我握笔的右手食指末端的关节竟能向外翻去50多度锐角，是小时候长期紧紧捏住不足寸长的用妈妈养鸡的鸡蛋换来的铅笔头留下的技能。而且我至今对于粗粮野菜的嗅觉触觉极其灵敏，一闻到苞米茬子、高粱米和苣荬菜的味道，我的胃里就隐隐泛酸并咽喉里溢出酸水，这是当年吃那些粗粮野菜吃得太多的缘故。如今偶尔接受朋友宴请，去吃那些生猛海鲜、山珍野味也觉着吃得不香，吃得不饱，常常回到家里再找补一碗面条荷包蛋。因为小时候只有牙疼和感冒发烧了，妈妈才给我特意做一碗面条荷包蛋，而且吃了之后果真牙就不疼了，想再发烧也烧不起来了。穷苦惯了的孩子真的享受不了今天太腻的口福。

记得小时候家里没有了鸡蛋换不来铅笔的一天夜里，爸爸哭着对也在哭着的妈妈说：咱们就是砸锅卖铁也要让凤麟读完高中。这是我假装睡着时偷偷听到的。这件事不仅让我一直在发奋图强，也让我如今即使腰缠万贯也在不吝啬的前提下时时刻刻节约着每一个铜板。自然，这件事也让我懂得了出身不由己，命运可选择，吃得苦中苦、方为人上人，仇恨社会不是仇己贫而是恨不均等一系列道理的同时，至今都在珍藏着和经常摸着良心感悟着反思着不养儿不知父母恩这句古训的深刻含义。

那时候，一个鸡蛋可以卖六分钱，一支铅笔三分钱。识字以后读了一些马克思的书，他说人类在原始社会可以用一把石斧换两只绵羊，之后我才懂得，我上学那个时期大约就是我的原始社会。

那时候，在农村，如果读完高中，就意味着别人可以拿着烟酒鸡蛋槽子糕来谦卑地请你为他家新生的孩子取个大号小名或者恳求你写一副他家春节时门口张贴的对联，就意味着别人可以一口一口地称你为老师称你为先生。当然，爸爸妈妈并没有砸锅卖铁也让我读完了高中，可是我在读高中时所学到的记忆比较深刻的什么牛顿定律、勾股定理、三元二次方程、化学元素周期表以及俄语珍宝岛是我国领土、缴枪不杀之类的课本知识，第一次参加工作当砖厂出窑工人时没有用上，第二次参加工作当汽车司机当报务员时也没用上，第三第四第五次参加工作当干事当秘书当办公室主任当专业作家、电视台台长、广播电视局局长时基本也没有用上。

有人说中国教育体制害人，可我却深深感谢中国教育让我在受教期间就懂得了世界上竟然还有那么多高深无聊与我无关并且可以害死人的所谓学问，那些学问可以让原子弹毁灭地球，人类登上月亮，却不能解决我那时基本温饱、经常吃肉和上学买得起笔本的困扰。所以我那时经常逃课去野地里捉来很多蚂蚱喂鸡，鸡吃得好了可以多多下蛋，下了蛋可以换来我打鸟用的弹弓，弹弓打了鸟可以烧熟了吃了解馋，因为当时只有过年时家里杀猪才能吃上几顿肉类食品。现在回想当年不仅没被害死，反而可以吃到喷香的动物蛋白，深感幸运之至。

爸爸是个瓦匠，盖了一辈子高楼大厦自己却至今仍住平房。爸爸自身很勤勉，爸爸的工作很神奇。小时候，我亲眼看着他用水和水泥，用一把抹泥的瓦刀，在一座破旧大楼的大门上抹来抹去竟然神奇地抹出一朵活灵活现的向日葵和葵花中间的一个“忠”字。妈妈出身农村是一普通的家庭妇女，可妈妈的工作也很神奇。她在昏暗的煤油灯下一夜之间就可以用粗粗的麻绳锥子呲啦呲啦地纳出一双厚厚的鞋底，我的一双棉胶鞋竟然被妈妈缝缝补补穿了三个冬季，而且街坊邻里的不睦，婆媳之间的拌嘴，妯娌连襟之间的争风吃醋，包括两口子吵架打八刀，哦，打八刀就是分手离婚，凡此种种事件，只要妈妈以串门送碗咸菜的名义走过去说上三言两语，就会神奇地使他们和我们自己的家庭实现长期的安定团结，和谐稳定。妈妈没有读过一天书，却会写出自己的名字和由于家里贫穷经常赊账而写出必需的借款欠条，同时给她和我爸爸所生的我们七个儿女们留下了诸如宁拆十座庙不破一段婚、宁在大树捋一把不在小树打提溜和朋友妻不可欺之类很多很多的母训。

爸爸妈妈的由衷意愿是让我学一门看家手艺即子承父业当

个瓦匠。最终，我却悖逆了他们的意愿，三十几岁的时候竟然主持实施过数千万元人民币投资的土建工程，管理和指挥了上百名的建筑师、包工头和泥水瓦匠。但是，诚然，我至今崇拜的偶像除了秦始皇、拿破仑、毛泽东和我自己，依然就是我的父亲母亲。

以上文字有个中心思想，是说，穷人的孩子早当家。

最终，我读高中时学到的某些知识贯彻到了文学、新闻与影视剧的写作创作之中。小学、初中和高中之外学到的知识则是我出家在外经风雨见世面的磕磕绊绊所有经历的常识积累。这些经历多是急用先学、活学活用，逐步渐次地用到了我的做人做文做官做事做爱做饭等的这些方面。

做人，要多多想到别人。

做事，要先去做人再去做事。

做文，要说真话而绝不去说假话。

做官，千万别认为自己是官。

做爱，你不爱的人万万不要去做。

做饭，则要重视火候调料荤素刀工等等，多素多醋少盐少甜，并且要牢牢记住，馋了，就是身体的生理需要，可以狠吃一顿肥肉，体内亏欠的自然吸收，余下的，会粪便排出。

前半生，皆为习作——

记忆中最为深刻的一件事是，我和妹妹两人在家，来个敲门讨饭的乞丐，我和妹妹没敢开门。妈妈回来后，竟然痛骂了我们一顿，然后风风火火追出去三华里两条街，给那个乞丐送去了四个苞米面窝头和一棵咸的芥菜疙瘩。

第一次崭露头角被人赏识时 19 岁。当时是在中国人民解放军沈阳军区黑龙江生产建设兵团第六师汽车连当汽车司机。偶有一次，搞基建，运江沙，6 台车每台车配 8 名男性知青装卸工，每车每天才拉 6 车的江沙。时间紧任务重，首长问我有什么好的办法能够提前完成任务。我说，首长，您就把这个任务交给我吧。大约，这是样板戏《智取威虎山》里侦察排长杨子荣向 203 首长少剑波请战的一句台词。首长问，你打算怎么办。这也是少剑波的台词。那个年代就是这样一个年代。我当时对首长说，只能智取不能强攻，每台车减掉两名装卸工剩 6 名，而且只配 4 名男知青，再配两名较漂亮点儿有姿色的女知青。首长迷惑不解，将信将疑，说试试吧。结果，每台车第一天拉运沙子的总量就翻了一倍，后来依次递增，提前 4 天完成了任务。首长高兴地拍着我肩膀说，小鬼，你小子真行，还真有些办法。其实，这种办法生理学叫异性面前的自我表现欲或通常也叫男女搭配干活不累，可那时首长却说，你小子鬼点子真多，别开汽车了，去营部当个副连职干事吧，可是你小子可别骄傲啊……那帮干活的浑小子小资产阶级思想太严重，在女同志面前竟然抡圆了膀子干活，今后要加强世界观改造和无产阶级思想教育。

最大的遗憾是我 22 岁当兵团六师党委秘书时，暗恋电话总机话务班的一个靓丽女孩儿亓丽华但最终没能成为眷属。当时，她爱读书，我也爱读书。她很文静，我也不喜欢热闹。当时的我们暗生情愫，都极其明了地感觉到了互相爱慕。可失之交臂的是，那时大的环境是革命革命再革命，谁都耐着面子羞于开口，致使爱慕最终没能战胜当时传统门第观念下的虚荣。原因只是她爸爸当时是镇守边陲总爱背手训话，戴着领章帽徽的现役军人和我们师 23 团团长，而我，却仅仅是个泥水瓦匠的儿子。可叹留了面子丢了里子。

最大的悲痛是妈妈去世。妈妈患的是肺癌，用了当时最先进的伽马刀等光辐射定点切除技术，受尽折磨和痛苦。妈妈临终前坦然地对我说，妈妈家族里没有活过 60 岁的，你妈一生行善积德多活了 5 年，赚了。时年仅仅 65 岁。

最热血沸腾的一次是毛泽东主席去世那年我在单位搭建的毛主席灵堂里毛主席的遗像前进行入党宣誓。当时，热血沸腾，热泪奔涌，信誓旦旦，语言铿锵，发誓要为实现共产主义奋斗终生，即使全人类都解放了也不去想解放自己。

最刻骨铭心的一次深刻检讨自己是在黑龙江生产建设兵团

第六师政治部秘书科党的小组会议上。那天，在三男一女党员面前痛哭流涕，真正发自内心地检讨自己的缘由是我专心致志写我自己的第一篇小说而5个月忘记了主动交纳党费，险自动脱党。

最大的成就感是全国第二家主持建设了黑龙江省贯通全省的目前也是最尖端科技的100年也不会拆除的宽带数字光纤传输主干网络，并依托此网组建了全省第一家跨区域跨地域可以互动传送彩色有线电视节目、图文信息的广播电视节目和电脑互联网络。

最不能忘怀的读书笔记是前日本首相田中角荣自传中他去东京闯世界时母亲嘱咐他的话：一、任何时候都不能说谎，因为你说出第一句谎话就要用第二句第三句谎言来弥补，结果你所说的一切都是谎话；二、别人借你钱时你可以随时忘记而你借别人的钱万万不能忘记；三、出门在外支撑不住了就立刻回家。

最大的做官技巧是下属遇到伤心事时，我也每每率先垂泪；大家对某种现象疾恶如仇时，我就必须要找人开刀杀一儆百。

最大的幸事是曾经娶过两个深深爱我的妻子并为我们生了我们都深深爱着的一儿一女。女儿叫王哈罗，儿子叫王端木。

最大的不幸是少年得志，17岁发表文学作品，19岁入党，

19 岁做官，养成了许多禀性里骨子里曾经尝试改掉但最终发现根本就不能改掉的骄矜与霸气，这样，每每致使自己善良的动机常常表现为语言的刻毒，生活里自命清高的机敏常常表现为迟钝，热情表现为幼稚，真诚则表现为愚蠢，友善则表现为话不投机，有时还出语伤人，因此常常被友人评价我性格的优点是耿直，缺点是太耿直。

最大的弱点是非常容易被别人所感动，有时甚至上当受骗，与之相对的也常能感动别人但从未让别人受骗上当。

最大的痛苦是忧国忧民忧天下的一些自认为并非奇谈怪论而是愤世嫉俗的思索暨被人称作是所谓思想的言行，总是憋在心里而常常无处释放。

最大的喜爱是随身与我一起工作生活的眼镜、钢笔和电脑。

最大的苦恼是越来越被生活中作为官员、丈夫、父亲、儿子、兄长、朋友等角色所肩负的责任和担当所累，越来越感觉到太多的使命令我拿得起，放不下，扯不开，剪不断。

最被人称道的是傻乎乎的实在而总是酒胆大于酒量，遇到知己时常常一顿饕餮就灌进肠胃里半斤以上的高度白酒，第二天心慌气短浑身无力面色蜡黄，且自己一个人在家时滴酒不沾。

最是不安且心里没底和不知错对的是倾心喜爱所有没能娶

回家来并且有些接触或没有接触过的漂亮女性，且常常因此承受想喜欢又不能说明喜欢更不能主动就去喜欢而只能自己揉搓自己心脏的备加折磨的思念之苦。

最早的伯乐是上述曾被我称其为首长现今为北京市宣武区发改委主任的泽国同志，当年他在黑龙江生产建设兵团时让我做了我朝思暮想特别想做的机关工作和领导工作。

最可贵的贵人大约就是黑龙江省副省长后来是省人大常委会副主任（目前已退休）的立国同志，他当年和后来不仅让我满足了许多事业方面的激情、活力和自我表现欲，而且我们之间也能够化学性物理性地真切感觉到相互心灵的息息相通。

最大的奢望是能够不受任何拘束，独来独往，我行我素。最不自在的时刻是善意的谎话被人当众揭穿，最不舒服的时候是别人把我过分放大地虚假恭维，最得意的时光是向众多的人群逞一时之能并赢得声声喝彩，最不能容忍自己的是自己喜欢孤独却又最怕孤独，最厌恶别人的是表里不一言不由衷的一切一切，最值得庆幸的是自己至今为止还没有舍弃生就的根和本而得意忘形把一切都置之度外，最值得庆幸的是自己的智商似乎不是很低，因此派生出最不自信的是也许因由偶尔一时一事倘若自己不能按照合理不合理的社会规则与潜规则做事，就会前功尽弃毁了半世英名。但最终，按照英国人的说法是穿着你的靴子并握紧你的长矛倒下去，我想，我必然会最终背负着诸多不能卸载的责任倒在我所喜欢有时也很厌恶的工作岗位与一贯追求有时也曾放弃的事业上，并会对人世间很怀恋很遗憾也许会很厌恶很憎恨但更多的肯定是留恋不舍地死去；这一切，皆因我是一个举轻若重、拿得起放不下的人，也因为我早已习惯于也必定会整整一生都会习惯于无论事情大小都要事必躬亲只有自己亲力亲为动手去做才会更加放心当然绝对不是对亲人对下属的不太信任，或者，是多疑。

大约，这就是我人生上半场的大致经历和总体框架。

50岁上，是人生职场晋升的又一个巅峰阶段，组织上安排我要么原职再等一年接任黑龙江电视台台长，要么立马去省政府办公厅副主任岗位报到去当省政府首位发言人。在中国走仕途之路是要有人赏识你，所谓组织选人，是有贵人欣赏而提拔，而我的执念却是古人警句：忠久见疑，近则遭谤。意思是说世界上只有永恒的利益，鲜有永远的朋友，即使你忠诚某人也会久而生疑，即使你登上高位也会常有窥窃此位的小人谗言而不得善终，于是我在诸多常人不解的疑惑中毅然选择了人生的中场休息，退居二线来到北京做了一个协会的职员。

退居不是隐居，中场休息也非就此谢幕。知进退、懂取舍，应该是人生的一种情怀和境界，正如旭日东升与夕阳西下的景致一个叫朝晖一个叫晚霞其实颜色上并无太大区别一样，急流勇退也是一种转身的华丽，一种舍得的悲壮。况且，人生不能补考，只有做不完的习题和永远也不能完成的作业。那一年，我开始践诺和实践学会放下。

好在，那一年，我完成并出版了我的第五本书籍《活着·累着·苦着·痛着》，表述了我对人生苦难和世态炎凉的感与悟。

2005 年，正值国家完成了国民经济生产第十个五年计划，而我却完成了又一次人生重大转折。

转折之一，由挑旗当帅转变到找帅当兵，由整天变幻着面孔发号施令及没日没夜的吆五喝六、隔三差五的肥肠满肚大醉而归，转变到了卸去伪装，学会低调，彰显个性，找到真实的自己；

之二，彻底对官场仕途失去兴趣，个中缘由当然巨多，还是心照不宣为好，自己能够做到的只有改变不了世界就去改变自己，即使改变不了自己也不要试图再去改变其他；

之三，决心由百米冲刺改成散淡游走，起码不再操心和担心电视台哪天哪条新闻碰触了哪个禁区，不再违心介入某些突发事件处理的主动或被动的信息的传播，不再 24 小时不能关掉手机，学会睡觉时一定闭上眼睛；

之四，化悲痛为力量，痛下决心，不再为功名所诱，为钱物所累，功名就是虚荣，把此前所得到的一切统统视为碳水化合物一口喝掉，然后东方不亮西方亮，重新打鼓另开张。开张了做什么？做自己；

之五，懂得了人所追求的往往都是得不到的，而失去的直到失去之后才会晓得最值得珍惜，一切功名利禄和荣华富贵都是过眼烟云，身外之物，只有思想自由、情感自由、身心自由才是实实在在的人生。

一晃，又一个十年过去。

这十年和十年当中，生活形态发生了天翻地覆的变化。粮票、油票、肉票、糖票、肥皂票等许多政府定量派发的限购凭证陆续作废了，我当年享受特殊人才待遇由政府派发的每月30元外汇券、两条前门牌或上海牌香烟和每月特供的4两豆油，也随着社会物质的极大丰富变成了每月享受政府专家津贴100元。社会科技的进步更是显而易见，比如通信联络已经由当年的手摇电话座机逐步发展到模拟手机大哥大、腰别BP机、智能手机和互联网QQ、微信、陌陌、淘宝、交友、征婚，直至如今的滴滴打车、在线网购、在线交友、在线购买机票、火车票、电影票并可以任意选座。而我，在线位置的选择是处于二线岗位的中国电影制片人协会。

协会是个挺有意思的机构，对于政府而言，既为政府代言，又为行业发声，貌似官办机构，又绝非就是官方。为此，我给自己确定的工作职责是协调、协助和协办，工作守则是勿定位、少缺位、不越位。亦即重点做好打鼓敲锣、跑腿学舌、承上启下、协调综合，不求有功，但求无过。

勿定位，亦即别把自己看得很重，更不要以为只有自己高明，其实高人高手俯拾皆是，这个世界最不缺的大概就是高明；

少缺位，就是说，平时看不见，偶尔露峥嵘，日常生活里和工作中，你可以飘忽不定或者消失得无影无踪，但需要你的存在时你必须无处不在，即使角落里鼓掌，也要在他人视线之内；

不越位，就是懂得敬畏，学会尊重，修炼气沉丹田；不知有汉、无论魏晋是装傻，荒了自己的地、去肥别人的田是真傻；假如不去时刻提防有一天会功高盖主则就是大傻。

如此，让别人有路可走的同时，自己也可以徜徉前行。正所谓，你给别人让了路，你自己才有路可走。

当然，这一切都要有贵人相帮相助才行。

贵人，不仅是你人生转机的主导者，更是你一路走来为你保驾护航的引领者、守护者和耳语者。我的这位贵人至今仍然在位，不便言明身份，但需要挑明的是，他是一位儒雅的学者型领导，每次公开场所见面虽然只是上级与下属的客气与寒暄，但是我们心里都明白，这叫亲极反疏，只要私下谈话或聊天，他总是要说这些年你屈才了、委屈你了、组织上亏欠你太多了这些发自内心的话。他总是在我工作和生活遇到难题时随时出现，让我日常生活中的“三俗”尽可能地雅俗共赏，变得更加体面。正所谓若为无时无还有，若为有时有还无，不论你见与不见，他，就在那里。

为此，我明白了知遇之恩这个词汇更高层次的某种含义。它没有尊卑，没有贵贱，也不是一般意义上的趣味相投、志同道合，而是两个生命里总想遇到的那个人的相识相交和相遇，所谓一次偶然的相遇，有时胜过一生的追求。它不为索取，不为回报，也不是简单的只问耕耘不问收获，而是水乳交融之后一种新的物质的产生，正如水的分子式是 H_2O，当它与酸碱或其他物质融合后就会改变原来的属性，所谓人的一生也许做不到能去感恩和报恩，但你必须做到知恩。

这十年，从帅到将，随遇而安，闲看庭前花开花落，坐视天际云卷云舒，不能成全别人，就去瓦碎自己，自我感觉尚且良好。

这十年，聊以自慰的是学会了可以在多种场合讲出自己的真话而不是像从前一样总是说些违心的假话、空话和套话。

这十年，也从工作角度见证了中国电影的蓬勃迅猛，从我兼任黑龙江电影制片厂厂长时的全年全国票房不足 9 亿元达到了如今已经突破 400 亿元，单片票房已经超过 30 亿。

这十年，混迹于影视界这个江湖，几乎每天都在目睹这个圈子里比比皆是的富豪大亨、影视明星、各种骗子以及吸毒者、淫乱者、嫖娼者，暗暗庆幸自己尚未与人渣同行，与娼妓为伍；

这十年，有些老同学老同事已经辞世，也有多位当年的上级、同事和下属为了女色与钱财成为阶下之囚，自己尚能聊以自慰的是早早就在官场拥挤的高速路上主动下了辅路便道，既非闲云也非野鹤般地随日月交替而交替，与天地周旋而周旋。

总之，这十年，我虽穷困，却未潦倒。

如今，别人的日子是一天一天地熬，一年一年地度，我的日子是十年十年地过，十年十年地活。下一个十年，亦将既往，道亦道，非常道，人法地，地法天，天法道，道法自然。小鸟虽小，却可以玩遍整个天空。

现在的我，情况就这么个情况。

品品活着的滋味

题记：

操练活着，比种种死法都难。

由我编剧的一部电影就要拍摄，片名叫《安重根击毙伊藤博文》，讲的是一个韩国义士在中国哈尔滨火车站成功刺杀了一位日本前首相的故事。事件是真实的，故事是演绎的。剧中所有人物的悲欢离合、生离死别、爱恨情仇，都一个话题：或活着，或死亡。

秋阳，下午，咖啡厅，一束阳光诡异地射进咖啡杯里，加糖加奶的拿铁在勺子搅动下打着旋儿诡异地旋出了两个字：活着。

活着。每个人都会认为活着一定比死去更加美好，因为生命对于每个人只有一次，谁都不能尝尝死去滋味后再活着回来。

我的思绪也由此展羽翼——

当年。白岩松有本书流传甚广：《痛并快乐着》。那时的从前，我曾说过，活着也要痛着累着。

此前，我写过三部书叫《雪葬》《古道》和《活着、累着、苦着、痛着》，都很悲凉、沉重与沧桑，所以决心再写两部轻松的，叫《谁说爱你你别信》《今晚就上你的床》。

也是此前，曾多年立志，也曾立志多年，发誓做到“任天际云卷云舒去留无意，看庭前花开花落宠辱不惊”诗句里那般的超然与飘逸，那般的洒脱与释然，也曾想过每时每刻都要怀有一份“水穷之处即云起之时”的心境去面对生活的希冀与快乐。

后来，慢慢地，懂得了一个道理。慢慢懂得了三岁小儿根本不会懂得垂暮老人的悲哀，垂暮老人也不会有三岁小儿的童贞与梦幻。当你整天吸着雾霾住着出租房、吃着地沟油、喝着抗生素，当你明白了被强奸时被迫屈从总是要比抵制反抗的代价要低很多很多的时候，你必然也会明白：活着第一，其他都是第五。

因此我想，即使生得平凡，活得窝囊，干得憋屈，也不能死得猥琐。活着，就要快乐着，也该痛苦着。

《圣经》讲的是人来到世界那一天起就是来承受苦难，就是来救赎的，而圣母玛利亚生下的耶稣耶和华就是来拯救人类的苦难的。佛教的教义本源是轮回，讲的也是佛祖救赎和自我救赎。但所有的宗教最终都会被严酷的政治生态所击垮，都不能彻底解决我们在现实政治体制社会框架下生命所要生存所要承受的种种苦难和困惑。因此，真正的唯物主义者会清醒地认识到，没有痛苦，也不会有快乐。

不二。

这不是聪明，也非无奈，而是选择。因为，当你把痛苦与快乐的感官信号同时输入你的神经系统和各个感觉器官并反嚼消化，也许就会大彻大悟，深谙所谓的苦尽甜来，苦中有乐，苦乐参半，乐在苦中，及其苦乐年华的各种含义。

快乐，应该尽可能多多地送给别人，这是做人的根本，也是做人的境界和品位。痛苦，其实是一种可以转化变换和流动交易的动态资本，完全可以按比例分配：留给自己百分之三十用于随时随地的自我消费，消费过程中转化成可以交易的资本之后，再留给他人后人后代人百分之七十作为资源和财富。

躯体的快乐偶或来自于生理媾合的快感，但精神的快乐则更多的来自于思想孕育及孕育过程中的痛苦。人类所以摆脱了原始本能，是因为人类有了思想，而思想快乐的本源则是思想分娩与体罚磨砺的反射。这不仅是人与动物或者高级动物与低级动物的本质区别，也是人与人之间灵与肉的本质差别。

当今社会的本质问题是物质和精神的富有与贫困问题。富有与穷困，也是人类思想意识中自我感觉的感受问题。真善美与假丑恶有时会同穿一件外衣，打击卖淫嫖娼的警察与买淫卖淫的嫖客妓女也经常同浴一个池塘。不同的是，前者有的是在追求精神的占有，有的则在享受物质的奢华，而后者，虽然有时共同穿着同样的外衣，但有的是穿给别人看的，可以穿到街上去招摇，而有的，只能穿着遮挡风寒和遮挡一下自己窝藏的祸心。更何况，时世造化的变幻莫测，世事变迁的更迭破立，也许，或者突然就有哪一天，妓女就成了警察，而警察则充当了嫖客或娼妓。

其实，人活着很累，死去也许会彻底轻松。活着，时时刻刻和随时随地都要罩上各种各样的外衣，脸部也要变换出各种不同的表情形态，在虚伪与真实之间权衡着是否应该更加虚伪还是应该更加真实。而死去，则会令你身体的每一个部位都即刻得以通透，得以舒展，得以本色，包括你的面部表情都可以不为任何所动，真实，恬静，泰然，拒人于百里千丈之外，化我于无欲无愠之中。

可是，人人都在好死不如赖活着。我亦不能例外。

母亲去世了，而父亲还在。父亲自从母亲去世就成了鳏居的老人。所以，我该为他老人家送终。并且，还要在父亲的有生之年直至风烛残年尽可能地让他幸福和快乐。

母亲去世了，可母亲和父亲生了我们兄弟姐妹七个。若干年前，这七人七口七个家庭，总计有十四位上班一族养家糊口的成员之中有三人下岗，有四人四处流浪打工，有三家过得很不滋润，需要我的经济接济、精神安慰和工作安置。如今，又有三个晚辈大学毕业或将毕业需要公关安置就业。

母亲去世了，可那时我已迎娶了我的第二位夫人并且现在已经为我们生了一个极其可爱的儿子。如今，已经有了两位都曾深深爱我的女人和我们共同深深爱着的女儿和儿子。我们都要生存。而我，我把我自己看作是这两个家庭和我自己家庭的支撑与栋梁。

母亲去世了，可我一直做着一个单位的一把手，后来又是一个新单位的一把手。这两个单位都有一百多号人马。去掉两口子在一个单位的不算，也要有一百多个家庭和一百个家庭之外直系旁系亲属的更多的家庭。他们也要生存。他们也要养家糊口，而且我一直在想方设法地让他们活得能够比别人更加滋润。这也是责任与担当。

母亲去世了，可我还活着。我是儿子，是父亲，是哥哥，是兄长，是师长，也是丈夫和领导。同时，混迹于社会这个江湖已经多年，又有着数不清的亲朋好友同事上司和下级下属，凡是他们曾经、现在和以后求助于我的所有大事小情，我从来就是有求必应，有应必办，不敢有过一丝一毫的倦怠和掉以轻心。

我知道我不是什么大侠，但是，为朋友两肋插刀却深入到了我的骨髓里。每每遇到朋友的求助救助时，除了不吝钱财，有时甚至还冒着被罢官免爵的政治风险去为别人尽可能地办好办成每一件事情。比如那一年，我的一个官员朋友被另一些官员朋友双规了，我在8月的炎热里给他送去了换洗的衬衣和他总不离手的几条香烟而遭遇组织上的严肃约谈，险些被免了爵位。

母亲去世那天，我披麻戴孝。当母亲的灵柩抬起，当我摔碎为母亲烧纸的瓦盆，顷刻引来千人之众的一片哭声。人，或许都是这样。当你为苦度人生哭着来到这个世界时，满屋子的人都在笑，而你一旦离开人间已经含笑九泉时，却有那么多的人在哭。

台湾作家刘墉在一篇关于记录生命的短文中写道：活着，真好。是啊，活着，真好。能笑，能哭，能爱，能恨，能喜，能悲，还能感知痛苦更能体验愉悦，生命便也由此有了鲜活而无与伦比的美妙。

大诗人词人陆游则曾在《示儿》中大发活着的苦难的感

慨，诗词的开篇第一句就流露出对生命逝去的无奈：死去元知万事空。是的，倘若生命逝去，尚能言及其他？

也许，作家诗人总是喜欢沉湎于无病呻吟，但古今中外无以计数的文人们却都在以不同的方式告知我们：热爱生命，并且要记住生命。因为生命对于我们只有一次，因此弥足珍贵。而海明威、马雅可夫斯基、杰克·伦敦、川端康成以及中国的老舍、顾城、海子等则甚至也以自杀的方式诉说了生命的无奈、生命的苦难和生命的无常，倾诉了所有生命都在步履匆匆地倒计时行走，所有的生命都无法预测到这种倒计时何时终结，所有的生命也都无法预知下一秒会遭遇什么。

记得曾经有过三次飞来横祸又有险无恙的死亡经历。

一次是当汽车司机的时候，指挥一台汽车拖出另一台陷在深沟里的汽车，擀面杖粗细的钢丝绳突然绷断了。只听嗡的一声，钢丝绳带起一股凉风贴着头皮飞过，削掉了头顶所有长发却脑袋还在，假如钢丝绳下移哪怕一毫米也就脑袋瓜子成了被切的西瓜。二是在兵团做秘书时配枪，64 式 7.62 毫米口径手枪。一次夜间查哨，觉得枪装在腰间枪套里掏枪不够方便，便把顶着膛火的手枪掏出揣进裤兜里，哪知枪口朝上的手枪瞬间走火，子弹贴着胳膊把军大衣袖子穿了个洞眼，假如枪口朝内倾斜哪怕一度角也会把心脏击穿一命呜呼。第三次还是枪，星期日闲着无聊躺在宿舍里擦枪却无意间走火，子弹不偏不倚贴着蜷缩着躺在上铺看书的一个上海知青卫生员的腹部穿过，震落了天花板满目灰尘而那个卫生员却毫发无损。假如枪口向右倾斜一度也会让那个上海知青一命归天，我自然也会杀人偿命不得安在。

人生就是如此，生命无常，也从来不会有什么假如。

每个人都不是自己命运的编剧，你无法设计你剧情的脉络走向和故事情节如何发展，也无法把握和预知生命的下一秒会发生什么。

当我们的亲友突然离开尘世的时候，当昨天偶遇结交的熟人今天却突然离开人世的时候，当我们在殡仪馆听到悲恸欲绝的哭声，当我们每日在媒体看到、听到鲜活的生命突然离去，当我们受到病痛折磨难以自持，我们就会不得不记住生命。

记住生命，就是告诉自己，除了温饱和生存，生命还应该有一种活泼的精神张力，还有很多应该承担的责任和必须承载的负重。记住生命，就是尽力去做好身边的事，做好每天的事，以满腔的热情和细腻，关爱和善待人生之途上所有有缘相遇的每个人，并力所能及地为他和他们提供便利和帮助。

什么都可以忘却，唯有生命不可释怀。

中国第一个太空人杨利伟回到地球第一时间接受媒体采访

时，有过一句极其经典的答话。记者问：你落到地面的一刹那想到的是什么？假若时空回转到十年之前，也许他会回答想到的是中国终于战胜了太空和宇宙，或者回答想到的是祖国的期望民族的重托之类。而当时，杨利伟的回答却是：他所想的只是程序和操作。

经典。真切。实在。

活着的种种方式都在于程序和操作。

为民族为祖国为别人而活着的人大有人在，而且很多很多。我不是毛左，却十分敬佩毛泽东的伟人气魄。毛泽东为刘胡兰的题词是生的伟大、死的光荣，评价在延安烧碳塌窑砸死的张思德是死得重如泰山。而我记忆更深的是，马克思是全世界无产阶级的领袖，可他在自己的女儿燕妮就要出嫁时，最关心的却是未来女婿每月能赚多少德国马克。列宁是世界无产阶级革命的导师，可他在一次演讲时说，假如歹徒的手枪已经顶住你的胸口，你这时能做的最聪明的做法，就是乖乖地交出你身上所有的卢布和武器。

所以，我更倍加赞赏杨利伟，赞赏他的真话实话而非假话空话，也赞赏他在飞船落地时想的仍旧是求生。

求生，要讲求程序和操作。活着或者生活，也要讲究程序和操作。程序和操作，要一环一环去想，也要一件一件去做。

我知道，我自己生得草率，活得委屈，已无可能生的伟大、死的光荣，也不可能再有机会去重如泰山或者轻如鸿毛。我只想，生得像草书，活得如楷体，死得若魏碑。

做到前后两点，似乎不难，可要活得端庄，很是不易。

因为，世界是你们的，也是我们的，但归根结底是你们的。这是毛泽东语录的绝大部分。精神的占有，物质的享乐，尽管诱人，但终归不是活着的全部。

因为，我们是自然人，更是社会人，人的社会属性无处不在，所以你完全活在自己的世界里，只能成为亲人或别人的多余。

难怪有人说，活着的过程就像一路奔走的行者，一路走着一路在捡拾收藏着那些或细小或巨大的痛苦与快乐孕育而成的花瓣，不断在编织剪修着一个巨大的花环或花圃，以便留作你实在走不动了坐在轮椅上那一天去欣赏去怀恋去回忆。

自然，活着，也不能不时刻想到意外。美好的意外会给人格外的惊喜，但惨痛的意外也会让人无助和无奈。1961 年 9 月，毛泽东会见英国元帅蒙哥马利，同他谈话时说，随时准备死亡，并详细讲述了自己可能有的五种死法：一是被敌人开枪打死；二是坐飞机摔死；三是坐火车翻车而死；四是游泳时被水淹死；五是生病被细菌杀死。如今，地震，洪灾，空难，海难，SARS，车祸，艾滋病，泥石流，药物水，地沟油，火山喷发，瓦斯爆炸，恐怖袭击，宗教战乱，食物的农药残留，歹徒的袭扰凶杀，以及，重罪死刑的还不能完全废除，这一切，都会令你防不胜防。我们在欣赏人类伟大的同时，也无时无刻不在感叹着生命的渺小和不堪一击。因此，保护环境，珍惜生命，拥抱健康，抓紧生活，也就成了时代时髦的话题。然而，战争、凶杀和刑罚的主题是消灭别人保存自己，如果我们人类就这样永远地消灭下去，世界上剩下的又是什么呢？

——咖啡厅里依然仅我，杯里的拿铁已然了然，粘附在杯子上的浆汁却婉约残留了一个模糊的问号。

美国预言家30年前就已讲过，人类在这个星球上只是过客，最终统治世界的将是宗教和老鼠。因为老鼠的生殖速度远远超过人类，一只雌鼠每年代际相传可以繁育出379561只老鼠，一年的繁殖数量就是世界上一个中小国家的人品总量。

这个预言有点危言耸听，可是这种可能性真的没有么？

语录每一天平淡的日子

题记：

体力不支可以睡上一觉，心累了咋办？

平淡的日子不平淡。平淡的日子也波澜。

有一天，老婆严肃地说，我有了情人。我笑了，说，这很正常，有就有吧。可是，情况虽在预料之中，但情况肯定不会就是这么简单的情况。后来我又说，你就跟你的野汉子好好去过吧。她说，你也早就有了另外的女人，你跟她不会过得很好。后来她又说，你跟你的情人过好了我祝福你。大家都是笑着说的，但表情比哭还要难看。于是，此后，我们没有分手，却逐渐淡化成了也不相信了什么狗屁爱情，也不再更多地想着什么责任，想着什么家庭，什么老婆老公和孩子。于是，后来的日子也越来越不能平淡。

可是我知道，太多太多的家庭只是都在忍着不说。

盛极必衰。谁都有过由平淡到不曾平淡。那时，感觉自己的鞋跟儿都长高了许多，遇到别人不能平视。男人头脑中除了做些有关女人的梦，所有的大脑皮层都粘贴着闪亮着耀眼的光环。见到街坊邻里，显然忘记了自己曾是邻居大妈的儿子。于是乎，欲望膨胀了生活，而生活又发酵了欲望。于是乎，绚烂至极的落幕是归于平淡。

过去平淡的日子里，不记得在我哪本书里写过，男人一有钱就学坏，女人一学坏就有钱。男人为了钱可以背叛朋友，女人为了钱可以出卖自己。我还写过，如今的人大多变成了穿着衣服的猴子，而猴子，则成了说着人话走上荧屏的影视明星。以前还没写过的是，世界上只会有完美的情人，不会有完美的妻子和丈夫。写过的那些话的时间比较早，大约都在 70 年代末 80 年代初，如今竟有些话语成了社会的流行一时和又有新词替代的警句格言。

所有的人都在追求完美。其实，真正的完美都在坟墓里，想象中。起码，所有的悼词都在为某个人点赞。

男女不爱，大多从性的厌倦开始。男女相爱，大多又从刚刚认识开始。性，基本是男女相爱的金字塔底座。

狗用眼睛说，见到异性的同类就想交配；人用嘴巴说，我是在需要的时候才想到性交。可是，这种需要总是随时随地没时没晌。

男女后位。老辈人嘴里不说，心里却想：这不是配种的猪狗驴马么。年轻人实践之后却会逢人便讲哈哈，爽死我啦！

政治家说，信仰会让你变得更加坚强；信仰也会让你变得更加安详。我却说，信仰，有的时候也会折磨得你不得不去逞强。

男女相爱，其实并不十分复杂，有时就像把袜子穿到脚上帽子戴在头上那么简单。可是人们总是愿意搞混概念，总是把什么是相亲什么是相爱什么是过日子混在一起，经常在过着简单日子的时候还总是强调什么远大的目标和未来。

衣服脏了可以洗净、烫平，可是情感呢，如何进行清洗抚平或者干脆舍弃了再去换旧更新？

很多东西是在受伤之后才会美丽，比如菜，它们在刀下凌乱或整齐之后，才会变成精美佳肴。

网络如今很流行，网聊如今很得宠。其实对于更多的人来说，网聊其实就是需要安慰和需要被安慰的人在操作着电子做爱。

也是其实，谁都想说，假如爱情能够补考，谁也不会再去作弊。可是，爱情终归不是高考，也不是当年的状元赶考殿试，根本不会一年一度或几年几度。

女人之于男人，本性总是刚刚认识的或者还没接触的最好。对于美色，男人总是在想，若能得此尤物，此生足矣。得此之后，他们仍会如此去想几乎少之又少，有人曾说，那些从一而终的男人几乎百分百地没什么想象力创造力。这种说法有道理吗？

由于我脑子好使，所以它很复杂。

人，有时就像扑飞在玻璃上的一只苍蝇，四处搜寻，满眼都是一片光明，可是却怎么也找不到通向光明的出口。

女人是不同的营养：大豆、绿豆、红豆、小豆。男人似乎更需要喝八宝粥，里面汇聚了各种豆类谷类。营养丰富，思想就会健壮。

人的本性都是善良的，只不过由于欲望的不同使他们分别变成了智慧的愚蠢的、狭隘的大气的、无私的贪婪的、勤奋的懒惰的、忠诚的背叛的、自信的惶惑的、好动的静止的、成功的失败的、伟大的卑微的、张扬的沉稳的。又由于欲望的不同，他们宁愿或者迫不得已扯块破布遮住自己原本的善良，拿起刀枪为了为着目的的目的，走向角斗、竞争以及竞争的残酷、残忍和残废。

有人说，做人其实很简单，只要记住三句话：待人真诚，做事规矩，心态平和。其实绝对不然，必要时也要有善良的欺骗。只是，一味地追求善良的欺骗，有时会变得更加虚伪。

善是恶的相对，恶是善的变异。它们穿着相同的鞋子，却迈着不同的步子。

喜欢说教根源于一种天真的热情。这种热情往往就像挡风玻璃和倒车镜上的尘埃，有时会遮住进退的方向。

这真是一个急于自我表现的社会；这真是一个急于跟钱接

吻的社会；公共汽车穿着彩裙在千篇近似一律的肠道上匆忙起舞，穿着两只鞋上车的老妇总是凭着一只脚下车，匆匆关闭的车门常常夹住了赶赴选美现场的小姐们的衣角并隔住了傻爷们的喊叫。于是，站台旁蹲着买瓜子的大爷说："这日子过的，真他妈的戏剧。"

上班。有人是被迫为了挣钱，有人是主动为了消遣，有人是为了能见到心仪的同事，有人是为了发号施令颐指气使找到一点过眼云烟的荣耀和尊严。

朋友甲提醒朋友乙说："小心点，你的老婆不是省油的灯！"朋友乙推推眼镜高雅地回复道："省油干嘛？省油的灯亮吗？"

城市美容师说：电线杆立在公路两旁不雅，埋到地下吧；城市美容师说：煤气管道铺在地面不洁，埋到地下吧；城市美容师说：石油管道设在地面不美，埋到地下吧。大地母亲说：不行了，我腹部的胃胀痛难忍，组织部门可否允许我辞职？

文化，其实不是知识，而是某种智商的体现和品行的修炼。文化，其实也是对整个社会的心灵感悟。

有些人没有结婚却理直气壮地要了孩子，有些人结了婚却义正词严地不要孩子，未婚父母和丁克家庭一样不再犹抱琵琶半遮面，反倒是那些循规蹈矩过日子的人们被认为是天生的傻帽儿，可是中国也有一句老话：傻人有傻福。

现在的女孩，闭着眼睛享受亲吻的越来越多，睁着眼睛警视世界的越来越少。只要看见钱，大多会眼睛发亮冒出蓝光。

大地，或许就是地大。

宽容大约就是郑板桥所说的难得糊涂。邻居二大妈却说何必那么麻烦，实际就是俩字儿：装傻。

过去的男人需要三妻四妾，女人必须三从四德；如今的男人也不是不需要三妻四妾，女人也不是不会三从四德。可是，现实呢？我说的是现在的中国。

60 年代初的饥饿灾荒，对于 20 世纪末以后出生的人来说是个童话，但对于 21 世纪出生的人的祖辈父辈们来说，却是心头剜不去的一块刀疤。

书是我的情人，哲思则是我的梦中情人。

繁衍靠男人、女人来完成；教育和接受教育也靠男人、女人来完成。只因为世界上只有两种人：男人和女人，生生不息。可是，进了澡堂子才会发现，众多的男人女人原来也有同类。

对于我来说最重要的只有两件事：读书和行路，而连着这个过程的起点和终点是生死，所谓活到老学到老，行到老行到死。方休。

痛苦和幸福是小说里的文字游戏，是生活中的油、盐、酱、醋，本来没什么大不了的，只是大多数人大多时候很难超越。

实事求是得有相与匹配的土壤，要不然实事求是就会招蜂惹蝇，很麻烦的。

酒瓶里装住的是酒，装不住的是酒香。走不出孤独的是藏在孤独背后的自卑。

这世界的节奏越来越快，连赛跑的兔子也不再谦让乌龟，乌龟则更是与时俱进套上了装有滑轮的跑鞋。

有一天，猫遇到久违的老鼠惊讶地问道：怎么你现在比我还壮？老鼠边剔除牙缝里的肉丝边一脸阳光地回道：因为你总是充当宠物被人抱养，而人类更是乐于帮助我们计划生育，因此，我们家族的状况日趋呈现出狼少肉多的局面。

男人说百分之百爱你的时候，女人相信得越少幸福就越多。而一个女人对男人说爱你的时候，你只需告诉她，当你不爱的时候也不要告诉我任何理由，因为都是假话。

婚姻是女人性情的终结，是男人自由的地狱，所以婚后的男人女人大都不会幸福。

不结婚的同居男女越来越多，因为带着靓装的彩排对于他们来说比真正的演出更加直接也更具诱惑。

魅力就是一个人看着另一个人高高在上。

当男人对女人说我现在不爱你了的时候，这个女人若要说我已提前一个小时就不爱你了，然后果敢地转身离去。我打赌，这个男人一定回头并为此犹豫不决。至于他将采取什么行动，则是另一回事了。

人在创造历史，同时也被历史创造。但最终，历史，就是前人留点什么让后人浪费资材和消磨时间。

一个男人当着妻子的面去摸另一个女人的手，这个男人有可能不爱妻子了，更有可能爱得很深，也或许，那个女人是他们的女儿。

如今的事很难说，小红穿错了鞋子、戴错了帽子、领错了男人，可是她的脸更红了，像苹果，反而让许多昔日的姐妹垂涎欲滴。

会议场所就是让一部分人困，让一部分人烦，让另一部分人大放光彩的聚集地。

婚姻中的男人和女人就像是左脚、右脚。左脚踩住了右脚或是右脚踩住了左脚都要摔跟头，只有平行才好。

观察，就是眼睛一眨不眨，心灵忽闪忽闪的臆断。

想得开的儿子和想不开的老子总是不能一致。儿子是老子的命根子；老子是儿子的钞票子。可上辈人早就说过，儿孙自有儿孙福。

现在的女孩裙子越穿越短；思想越积越浅；日子越过越散；露出的小肚脐大腿根儿越来越扎眼，钞票更是不顾一切地往回收敛。

现在的男孩头发越留越长，情感越来越浪，脾气越来越涨，责任却是一点也不多扛。

现在的政治越来越像魔术，政治家也越来越像魔术师。政治和魔术都可以公开地骗，只是，有的需要买票观看，有的是发票观看。比如，电脑电视机的贴血大降价和普及率越来越高，就是发的门票。

政治家收买政治，老百姓则被政治所收买。政治家的政治看似通俗，书法家的书法却没几个人能够认识。

物质极度繁荣的社会，耕地日渐减少，兔子饿极了也只好吃点窝边的潦草。

想到政治就头疼，想到女人就发愣，想到社会就发呆，想到自己就发颛。文思不能泉涌，写作有点困难，找个女人睡觉。

困。也许，又是一个不眠之夜。或，夜的不眠……

吟诵给“90后”的一曲歌谣

题记：

远去的歌有三种，情歌、颂歌和挽歌。本章的如歌如梦如泣如诉，不管你信与不信，反正我当年就是这个样子。

熟悉的城市。陌生的面孔。人面虽相对，心却在天涯。

每当夜幕降临，就会感觉到几乎没有人可以走进的我那几近枯竭和空洞的悲凉。

仰望夜空，俯视眼前，银河横亘，皓月垂悬，与远远近近的城郭街衢和闪烁流动的霓虹灯连成一体，在桌面上勾勒成一幅美妙静态图画，我却凄然伤感，就要落泪潸然。

原来，它们掠过白日的喧嚣、浮华和躁动之后，俨然与我一样孤单。原来它们也与我一样，虽然浸润其中，却也藐视权贵，痛恶金钱，唾弃虚伪，作呕于遍地人欲横流。

于是，我肃然微笑。微笑中，仿佛心绪回到从前，突然触摸到了回眸过去是怎样的一种令人心跳。

想当年，走向社会时仅仅 17 岁。与今天“99 后”们年纪相当。

那时，17 岁参加工作叫参加革命，如今这个年纪参加工作则是被雇佣童工。参加革命是光荣的，雇佣童工则是违法。

我参加革命是 1972 年。当时心里美得要死。一是总算结束了必须依赖大人生存向爸爸妈妈讨钱的日子，自己可以养活自己了；二是庆幸总算逃离了只能果腹，根本谈不上什么生活质量并且总是穿着补丁摞补丁衣服的家庭，终于可以自己挣钱买件像样子的衣服也向同学伙伴们炫耀一下了。

现在呢，“90 后”们二十五六岁拿着学士、硕士文凭仍然找不到工作的毕业生比比皆是，他们只能继续啃老，靠父母养着，而且大多生活质量很高，穿名牌，下馆子，赶夜场，泡酒吧，并且只要家庭条件允许，还可以偶尔或经常地去国内国外旅游，频繁地更换异性伴侣过上质量绝对很棒的性生活。

我年轻时的那个年代是火红的年代，也是一个混乱的年代。

那时参加革命很简单。我第一次参加革命是在黑龙江生产建设兵团。我们中学毕业只是兵团司令部的一个简单命令，命令出台的背景是兵团正是初创时期，学校的校舍教室十分紧张，所以他们认为还在学校的10年级学生应该参加工作了。于是一纸命令，我们就毕业分配参加了革命。据说，起草我们毕业命令的是兵团文化卫生教育处，起草人是北京来上山下乡的女知青，她说，10年级的学生也就是“文革”前的初中三年级，现在就参加工作是不是小了点。处长说，小什么小，我参加革命时只有13岁，当时的个子还没有枪高呢，你来北大荒的时候也只有17岁嘛。处长是个老红军，有名的红小鬼。于是我们就毕业分配工作了。

当年，黑龙江生产建设兵团隶属中国人民解放军沈阳军区，我们毕业于兵团下属一个师其中一个团的团部子弟学校。

参加工作第一天，我们全班22名同学打着5面红旗，唱着“兵团战士胸有朝阳”和“革命战士一块砖，哪里需要哪里搬”等革命歌曲，坐着敞篷“解放”牌大卡车，去师部直属的砖瓦连报到。砖瓦连大部分是京、津、沪、杭各大城市知识青年，他们也敲锣打鼓举着“热烈欢迎新战友”的巨大横幅欢迎我们。那天，连队炊事班特意杀了一头猪，全连会餐，好不热闹。

分配完班排，连长让我们整理内务，整理内务就是安置床铺。之后，我们就在连队周围荒草甸子里散步，一边用蒿草驱赶成群的蚊子一边畅谈革命理想，畅谈通过我们的艰苦奋斗能够让下一代过上坐着拉屎、躺着吃饭、楼上楼下、电灯电话的共产主义美好生活。一直谈到夜里熄灯号吹响。

次日，严酷的现实就开始让我们有些发懵。早晨五点半起床，十五分钟后出操，跑了半小时，一万多米，累得上气不接下气，两腿打颤，手脚冰凉，双眼直冒金星。

接着是连长队前训话。连长被称作老连长，江西人。

老连长操着江西口音讲了很多，我们记住的最关键的话是，我知道你们都是官家子弟，你们的爸爸和妈妈都是师首长或机关部门首长，但是老子告诉你们，老子抗日的时候就是连长，如果不是没什么文化，如果不是当年枪毙了一个俘虏，也不至于现在还是个连长。所以，我不管你们的老子是个什么东西，到了这里就得归我管，就得服从我的命令。

吃完早饭就开始上班。我们的岗位是出窑。每人一台独轮手推车，把空车推进 70 多度高温的砖窑里，再把烧得烫手的红砖装到车上，推出砖窑卸下来，码成 800 块一垛的长方形砖垛。

这种工作只能穿着短裤，裸身裸背，即使这样，推出一车砖就已大汗淋漓。第一天，后背就被烤灼得又红又肿蜕了一层人皮，双手也磨出一串串的血泡，血泡破了就露出了血淋淋的红肉。

结果第一晚，同学们都在被窝里偷偷地哭。我不知道还有谁没哭，只知道我肯定没哭，只是双手和后背钻心地痛。

第二天，爸爸是师长副师长政委副政委的几个同学就请了病假。第三天，出完早操，仍是连长训话，训话只是宣读了师部军务科一纸命令，命令我们同学中的 21 名同学下午去汽车连报到。

但是，名单里没有我。

当同来砖瓦连的同学们收拾完行李，到砖窑前与我话别的时候我才发现，所有同学都根据师部命令去学开汽车了，仅剩下我自己留在这里继续出窑搬砖。

当时，最令人羡慕嫉妒爱的工作只有四种。还流行了一句顺口溜：大马勺、服务员，听诊器、方向盘。大马勺是厨师，可以多吃一些油水；服务员是商店或招待所的服务员，室内工作，不用风吹日晒；听诊器是指医生护士，感冒发烧可以用上当时奇缺的青霉素；方向盘就是开汽车，不仅是技术职业，于人于己都很方便于在当时交通工具极缺的年代。

我的同学们临走的那天，我磨破的双手已经缠满了绷带，我用缠满绷带的双手与同学们握别的当天夜里，我哭了，哭得很伤心，却不敢哭出声来。

当时，我还没有看到印度电影《流浪者》，还不懂自古以来根深蒂固的龙生龙、凤生凤、老鼠的儿子会打洞的门第等级观念。当时，只是委屈，莫名其妙的委屈。这种委屈来自于痛恨爸爸为什么没能像当时红极一时的样板戏《智取威虎山》里说的混个师长旅长干干。当时也暗暗发誓，此生必须出人头地，否则必然受尽屈辱。

当时，我还想到了毛泽东钻了多年山沟，高尔基擦了多年皮鞋，朱元璋则讨饭当过乞丐，可他们最终都成了名人伟人。我当时暗自发狠，10 年之后再论高低再见分晓。

其实没用 10 年。第五天，老连长来到砖窑旁找到我，问我说，你爸是个瓦匠？

我点点头没说话，眼泪已经朦胧了眼睑。

连长又说，这里的活计不是你这年纪所能承受的，你也走吧，去师部汽车连报到，这是你的调令。说完，给了我决定我一生命运的一纸之令。

后来知道，我的同学们调走当天，老连长就找到师长大发了一通光火，说你们的孩子们在我那锻炼锻炼没什么不好，可是说来就来说走就走，把我的连队当成客栈了。走了也行，不能看人下菜碟，你们首长的孩子走了，只留下一个瓦匠的儿子，这是典型的家天下，私天下。

老连长跟师长说话比较随便，因为他曾经在抗日战争时期给当时还是营长的师长当过警卫班长，师长解释说他出去开会刚刚回来，不知此事，是下面办的，错了可以改回来嘛。结果，老连长拿着师长批示，到司令部军务科和政治部又骂了一圈儿，亲自给我拿回了调令。

老连长是个正直坦率并且心地善良同情弱者的人，是个从不欺软怕硬恃强凌弱的人，也是我参加工作遇到的第一个敢于伸张正义主持公道的好人。

可是，好人多不长寿。刚刚改革开放那年，有人请已经退休的老连长观看走私收缴来的AV录像，结果，老连长当场心脏病发作，过早地离开了人世。据说，老连长当时不像其他人都在默默无语地观看，而是一直抑制不住地议论着，评述着，开始的时候是不停地大骂这种录像会污染整个社会，接下来是逐一评说录像中的男男女女们猪狗畜生不如，再接下来就是小声地自言自语，大意是说这辈子算是白活了，这么多的新鲜事都没赶上。

据说，当录像中一群男女在一间很大的屋子里旁若无人地做出各种体位动作进行房事的时候，老连长小声嘀咕了一句，还有这样的男人女人，真他妈新鲜，然后脑袋就耷拉到前胸，口水也流了出来，再没作声。

据说，老连长走得很安详，面部表情知足和快乐。

老连长去世的时候是1980年。

我为老连长的去世悲哀了很久。

因为，没有老连长当年的仗义，或许就不会有我那时以及后来和今天所有的一切。同时我也为他深深惋惜，惋惜他枪林弹雨，戎马半生，垦荒数载，开天辟地，吃的苦太多太多，人之常情、天伦之乐等理所当然应该享受的生活他也没享受多少。他的经历甚至让我怀疑了很多人参加革命的目的到底为了什么。如果说革命是为了当官做老爷贪图享受，那肯定是不对的，可是如果说像老连长说的那样白白活了一生，真的说不太清人的一生意义何在。

也因为，老连长去世前一年，才把一直在江西老家的老伴儿接来一起居住，即使去世之后，如果不是也已经退休的我们师长余威还在，说不定还会给老连长戴上一顶偷看淫秽录像违反社会治安条例的帽子。而且，老连长说的枪毙俘虏一事经过我后来了解，也不是枪毙了战俘，而是他最最要好的战友。

当时是战时，一次战斗中他的战友中了一颗炸子儿，打在肚子上，肠子都流了出来。当时部队败给了日本人要马上撤退，部队撤得太快不可能带着重伤员一起撤退，而他的战友不愿意当俘虏哀求他给他再补一枪，老连长没有别的办法就闭着眼睛给他最好的朋友也是多年出生入死的战友补了一枪。

后来，他娶了这个战友还在江西老家的妻子，和她过了半生。老连长的经历和我刚刚参加工作受到的伤害对我触动极大。这两件事给我的感受绝对不是人们常说的所谓人间冷暖世态炎凉。

老连长去世那年，我 25 岁。那时，我已经从汽车连到警通连到物资供应站又到师部机关后勤部，从开汽车到当报务员当干事当办公室主任，到老连长去世那年，我已经在师党委秘书科当了三年的党委秘书，而且在我当了师党委秘书那一年，只有 22 岁，是全兵团 6 个整师建制编制中年龄最小的师部秘书。而且，我开汽车、当报务员都在全师同行业中年龄最小，乃至当了后勤部政治处干事、物资供应站办公室主任时，也是全师年龄最小的副营职干部。

那几年绝对不像现在想法这么乱，欲望这么多，起码没有现在这么多的私心、贼心和杂念。

那几年，活着的目的极其单纯，只是一门心思通过要求政治进步而出人头地尽快变成脱产干部，所以无论做什么都是不偷奸，不耍滑，不损人，不利己，一味苦干和实干。

那时，虽然我在同事当中年龄很小个子也很矮，但脏活累活总是干在前面。搞基建盖房子，我总比别人挑的砖瓦沙石要多，而且要小跑着登上三节跳板四层楼那么高。有一次从运输船上抢运水泥，我主动当了青年突击队长，别人每次扛的水泥是两袋 100 斤，我扛的却是四袋 200 斤，来回都是小步跑着。

那时能干也真是能吃，不像现在对山珍海味、满汉全席都没了食欲。那时一顿饭四两一个的馒头可以吃掉四个，还要喝两碗冻白菜土豆汤，而且还不是感觉很饱。假如连队偶尔杀猪，可以吃上满满两大碗的红烧肉外加四碗白米饭。

那时不仅仅是简单的发奋，蛮干的刻苦，我还反复地读了一个姓司叫汤达的外国人写的小说《红与黑》。记住了书里的主人公于连，记住了你要想出人头地就得比别人聪明能干。所以，也不是一味傻干，还拼命读书读报，通读了《毛泽东选集》一至四卷，可以一字不落地背诵“老三篇”，并积极地参加“批林批孔批周公”，积极站在反帝反修和反击右倾翻案风批邓的最前线，并且一直是经历不多的几次政治运动的积极分子。

现在回想，那几年为了出人头地，也真是做了不少现在想起来自己都会忍俊不禁的事情。

那时，为了练习演讲口才，经常偷偷对着镜子大声地摇头摆尾地朗诵诗歌背诵古文，有时还找些棍子笤帚之类的道具假作教鞭手枪效仿戴高乐、拿破仑、巴顿、日本军官的样子给下属训话。有时还学习毛主席接见百万群众的手势和微笑模拟着向人群招手。

那时，最常说的口头语是同志们好，最常讲的外语是八格牙路。

那几年流行懒汉鞋。为了鞋底的白边更白，经常要抹许多的牙膏。假如出席重要会议或者上台发言，进会场前总要偷偷去趟厕所，往脸上擦点蛤喇油，使满脸大放光彩。有时顺嘴吐点唾液把头发抹出有点像地下工作者或军事首长的发型，并用唾液把裤线捋得更加直挺和更加醒目。

目前社会最关注和谈论最多的话题，大约就是金钱和女人。那时的人们对这两件事也关注也谈论，但那时谈论和关注的角度、目的、出发点都与现在截然不同。

先说金钱。

想当年，总的感觉是那时大家都很缺钱又都有钱。

当时的兵团是全民所有供给制。兵团司令 8 级干部，每月才 600 多元工资，我们师长政委也是高干 12 级，一个月也就是 400 多元。我参加工作是农工一级，每月工资仅仅 24 块半，改革开放之前才熬到了 21 级干部，每月工资也就 79 块 5。但有一点，那时的钱真是顶用，印象深的是食堂吃死伙，一个月 12 元铆劲吃，一碗红烧猪肉 1 角 2 分，一斤鸡蛋 6 角钱，一个 2 两的馒头也只有两分钱。

我所以对吃印象很深，是家里的生活实在窘迫。我没上班之前，爸爸每月工资 61.5 元，要养活我们全家九口，常年的饭菜基本见不到油水，即使当时定量供应给每人每月 2 两的豆油有时都买不起。所以，我到今天都特别敬佩说出“民以食为天”这句话的那个古人。所以直到今天，只要能吃得饱吃的好，我好像就没有了其他太强的本能和欲望。

想当年，我每月工薪 24.5 元，但还要每月交给家里 10 元。我的上班，使家里经济形势大大好转。现在，我所有的弟弟都比我长得高大，这是他们比我食而优则仕的结果。

那时，我的第一笔额外收入是我开汽车时得了一次安全行车 15 万公里安全奖。可是，当时正在批判孔孟之道的“吃小亏占大便宜”，这种批判给我的启发不是批判，而是觉得很有道理，所以为了继续进步，我在连队的黑板报上刊载文章，倡议这笔奖金不能得，要交给连队支援国家建设。钱虽然不多，只有 15 元，可当时收到的反响和成效却很大，因我积极要求进步，而加入了中国共产主义青年团。

后来脱产进了机关，特别是做了刀笔小吏之后，也就没了什么额外收入，不像现在的官员，可以大把大把地送钱和搂钱。

那时，最经常的行贿受贿不像现在送钱收钱，也就是送或收点上海知青的大白兔奶糖、凤凰牌香烟，北京知青的蜜饯，天津知青的麻花什么的。那时也抓贪污犯，那时最容易贪污的岗位是食堂管理员、司务长这类职务，贪污的也多是粮票。那时粮票很值钱，一斤粮票可以兑换 8 角钱。著名相声演员姜昆跟我说过，他就因为回北京探家没有路费挪用了食堂的粮票而受了批判和处分。

当时，姜昆是黑龙江兵团16团一个连队食堂的司务长。

那时的人，无论是官员还是平民，脑袋里似乎没有金钱的概念，也很少听到拜金主义这个名词。那时的人们总是在想如何像雷锋那样往别人的存折里存钱，基本不想如何把别人的钱和国家的钱装进自己兜里。

今天想起这些事讲起这些事，似乎是天方夜谭，可那时就是那么回事。

那时虽然清贫，可是每天都很充实，睡得很香，干得爽，玩得酷，侃得神，人和人之间都不设防，拣到5分钱都要交公，谁家有个大事小情都会主动帮忙，总觉得第二天有很多的奔头。

现在回想，那时的日子真好，那时没钱的日子真好。

现在倒是有点钱了，可是活得却没滋没味儿，累得要死，上街总是盯着别人装钱的口袋，恨不得把全世界买下来的心都有。睡觉也经常失眠，总是想着怎样才能挣来更多更多的钱，已经搞不清楚是金钱在为人民服务，还是人类在为金钱服务。

再说女人。

记得当了师党委秘书那年，我和同一个科室也是秘书的一位哈尔滨知青闲聊到了徐霞客。他说，徐霞客的人生志愿是喝遍天下美酒，尝遍天下美女，游遍天下的名山大川。这句话被刚刚进门的秘书科科长听到了。结果，大会小会地开了三天进行批判，勒令这位秘书反复检讨，检讨自己的人生观世界观，深挖自己为什么产生了要尝遍天下美女的资产阶级人生观的思想根源。

那个秘书开始时还反复解释他是在说徐霞客，自己并没有这种念头，可是这种解释的结果是只能引来更加猛烈的批判。最终，他也只能屈膝于那个癫狂而虚伪的年代，用无尽的委屈愤懑来拷打自己纯洁的灵魂，违心地活灵活现编造出想与美女媾合的故事来龌龊自己，快活别人。

开始，我还为他做了许多辩解，可是我也遭到了猛烈的抨击，并同他一起接受批判，违心地写了三次检讨。

那个年代就是这样的年代，一个没了男女性别都已经变成中性的年代。

现在男女恋爱叫拍拖或男友女友，那时恋爱既叫谈恋爱也叫谈对象，各级管理机关曾经颁发了很多关于禁止谈对象的诸多规定。

那时也有宪法，宪法规定男 25 岁女 22 岁可以结婚，可国家文件规定的结婚年龄却是男 27 岁女 25 岁，且执行相当严格。

当时的兵团多是十八九岁二十几岁的城市下乡知识青年，

青春的活力与人的天性本能是无法遏制的。

据后来有关部门统计，那几年因为失恋、组织上制止恋爱和因为畸形恋情而自杀、仇杀的，在北大荒的56万知识青年中达一万余众。由此发生的几桩事件更是震惊全国，瞩目世界，连外电都有许多报道。

其中，一个男知青暗恋女友而不能表达，由于难以自控的情欲的煎熬竟而用剃须刀自己切掉了自己的睾丸。

一个值班发枪连队的女知青由于连队干部干预恋爱，端着苏制56式冲锋枪闯进会场一次就枪杀干部战士17人，然后自己也饮弹自杀。而痴情的男女知青们偷吃禁果留下的弃婴事件，每年都会发生多起。

我的初恋，或者说刚刚接触恋情开始需要异性，就是在这种恐怖与高压环境之下发生的。所以，注定了最初的恋爱必然是畸形的不成熟的失败的。

我的第一个初恋女孩是汽车连卫生所的护士。不是两小无猜，却一见钟情。

现在回想，我们那时感情的纯真是绝对地真纯，既无金钱诱惑，也没门第观念，既不存在物质索取，更不幻想生理奴役。

我第一次成人情欲的实践，也同其他男女一样抚摩了她细嫩的双手，平生第一次抑制不住欲望冲动摸揉了她的双乳，还亲吻了她滚烫柔软的双唇，第一次体验到了男女之间是多么的互相需要，感觉到了女人的柔弱并惊奇地发现，女人的双乳竟然是一大一小，差别虽然很小，却使你能够感觉得到。

当时，我们都全身战栗，想着控制却无法自已。

正当我吻着她的双唇揉搓她的双乳时，她突然呼吸急促地问我，我们这样，我不能怀孕吧？于是我突然猛醒，立即终止了所有实践。

我们知道，如果怀孕，那会造成怎样严重的后果。

自然，最终，没能终成眷属。但是我想，即使现在天各一方，也必然在彼此牵挂。虽然我们只有仅仅一次约会，但那终归是我们作为少男少女第一次的情窦初开，终归是破解男女之间许多神秘的开元之旅。尤其是我，在这次的初恋中第一次感觉到了雄性的冲动、占有和许多强烈的雄性征服的欲望。

那一年我才 19 岁。此后我一直坚持认为，人生的经历必然会很多很多，但最最不能忘怀的是所有经历过的第一次。

约会的第二天，我接到她一张字条，她说，我查了医书，男女只是接吻和抚摸是不会怀孕的。接到她字条，我也如释重负。

然而，这段恋情仅仅一个多月就被发现了，不知是那时年轻幼稚流露出了什么破绽，还是有人暗中监视邀功举报，反正有一天连队指导员找我谈话，直接指出了我正在谈恋爱的问题。当时，出于自我保护的本能，我坚决矢口否认。因为那时能够在师部直属单位工作，无论对于谁，都是十分的难得和光荣，我们经常接受的教导也是在首长身边工作是十分的光荣，自己都会坚定地认为只能给首长争光不能给首长脸上抹黑。所以，一旦出现谈恋爱这类不光彩的事件或别的差错，最常规的做法就是无条件地背个处分下团下连队去种地、养猪或放马。

我予以否认，指导员也没深究，这件事至今是谜。当时指导员只是给我讲了我刻苦好学人才难得前程远大之类勉励激励我的很多很多教导。假如当时指导员深究，此事败露，我们会更惨。因为，我与她的约会是在全宿舍的人都已睡熟的半夜偷偷从宿舍的后窗爬出去的，她则是趁值夜班脱岗出来的。这更会罪加一等。

指导员找我谈话那晚，我一夜没睡。第二天早饭，我去食堂路过卫生所，假装拉肚子取药，在接过一盒痢特灵时避过另一个卫生员塞给她一张字条："事已败露，别无选择，等你十年。"

很快，我在食堂刚刚吃完早饭，跟一群司机出来，她在卫生所门前叫住我公事公办一样对我说给我刚才要的药，回到宿舍打开仍然写着痢特灵的纸包，里面也是一张字条："亲爱的，我是你的，永远！"偷偷看后，心跳如兔。

跟她说的永远相比，我说的等她十年实在惭愧。可是，男人总是男人，男人与女人最大的区别，大约就是在对待男女问题上女人更性情更执着，而男人更理智更现实。而且女人之于男人，对男人的谎言听得越少也最幸福。

此后，虽然有过很多次绝对不会被任何人发现的单独约会的绝好机会，她也曾多次暗示明示约我多次，但我们再也没有一次单独相处。虽然有时难以自制，但最终总是能够理智战胜情感。

但是，从那时起，我开始了手淫。在那个畸形的年代里，我开始了一个成年男人与一个幻想中的女人并且与男女之性相关的生活。也就是说，那时的白天，我是社会的，伪装得比积极分子还像积极分子，到了晚上，我就回到了完全属于自己的精神世界，幻想着与她或与别的某个女人媾合。

第二年，有了调动机会，逃离了她，逃离了那个单位。此后，她给我来过许多许多的信，可我一封都没回过。最终，她辗转找到了我的父母，诉说了对我的真情和痴情，我的父母也被她深深打动，多次动员规劝有时是勒令我公开了这种关系并要求我到了年纪就娶了她。

那时，我刚刚脱产离开司机岗位当了政治干事。我对父母说，我的政治生命刚刚开始，你们的儿子如果不能出人头地，就决不娶妻生子。我当时这样说的，我那时也是那样做的。

后来，我抛却一切，倾其所有，尽其所能，刻苦奋斗。结果，苍天有眼，仕途一路顺达，做了不大不小的官，我的文学创作也少年得志获了多项大奖，在全国和东南亚地区都有了一点名气。

这期间，我29岁时娶了妻子有了女人，她则先我三年嫁给了一个上海知青并随他去了上海。

于是，悲剧就此开始。

到了上海之后，她有了孩子不久也有了情人，有情人的原因是她的男人得了肾病做了单肾摘除手术并从此阳痿。

这一切都发生在上个世纪八十年代。那个年代找情人不叫情人。那个年代对待男女问题有着与现在截然不同的法理准则与道德评判。那时，这种问题法理上叫通奸，可以判罪；道德评判上叫不正经或者叫搞破鞋。不正经倒是容易理解，搞破鞋似乎是个典故，但出自何处似已无从考证，反正那时无论男女，只要有谁沾上这种事必然就是大逆不道，棒杀或是溺杀。棒杀是法庭审判；溺杀，是社会舆论用人嘴里的唾液把你淹死。

结果，她真的就死了。是她的丈夫抓了她与另一个男人在床上的现形，她无颜面对丈夫孩子也十分畏惧和无法面对日后有了污点的日子所以上吊自杀了。

之所以知道得这么详细，是当事者之一的她的现在叫情人的那个男人跟我讲的。

那个男人也是曾经下乡北大荒又返城回了上海的知青，是她在北大荒时通过治病认识并一直暗恋着她一直没有结婚的一个患者。

最终，这个人也没能顶住社会舆论的谴责和压力又重新返回了北大荒，回来后设法找到了我并给我讲了这段曲折的故事。但故事的曲折远非如此并且没有结束。后来，她的丈夫竟然认为自己的儿子并非亲生而认为是她和她的这个所谓的野男人所生的。于是，她的丈夫竟然不予抚养并把自己亲生的儿子赶回了北大荒，硬是要给我讲这段往事的人来抚养。

他给我讲这个故事时眼泪不住地流，我也忍不住流了许多的清泪。我想，假如我当年娶了她或许就不会发生这种悲剧，起码我不会像她嫁的那个男人一样阳痿。但我当时不知道该对她生前的情人说些什么，只知道他那时经济上很窘迫，于是，也许是出于我对她的责任与歉疚，我答应他，这个孩子的抚养费由我来出，并且再三叮嘱他，决不要把这一切的一切告诉给孩子。

一晃儿，20 年过去了，那时那个孩子只有 3 岁，如今已经上了大学已经 23 岁。如今 23 岁的大学生真是滋润真是开放，绝对不同于我们的当年。那个至今不知道自己真实身世的我当年初恋女孩作为遗孤留下的男孩，他曾悄悄地告诉过我，他已经同多个女孩同居并且那些女孩多次打胎并且没有受到任何舆论谴责和阻碍，并且许多厂家和社会组织免费把避孕工具发放到了寝室。我看着他说，我听着他讲，我听了以后也只能哑然。这段往事还在延续，这个故事还有很长，因为，这个孩子现在已是腰缠万贯的富商，这个孩子的生身父亲和他的养父给这个孩子做 DNA 化验的结果还没有出来，而且，我也卷入这段纠葛之中，孩子的生身父亲和养父说，孩子曾经坚决地跟他们表示，假如他一定要有个父亲，那这个父亲就是我。这话孩子没有跟我讲，自有孩子不讲的道理。因为，我对孩子的成长，不仅付出了大量资金，还有更多的心血，我们之间早已有了那种超乎辈分的人与人之间的物理反应和化学反应。这孩子 3 岁的时候在别人的唆使下跟我叫过一句爸爸，那时我才 27 岁，结果叫得我满脸绯红，心跳过速。后来再没叫过。

这段经历我打算写个长篇小说。我想，写出来一定好看。

想当年，思路和回忆的小溪一直蜿蜒，直到现在。

想当年，现在流行的多是年迈老人训导年轻人或炫耀自己的口头之禅和必修的功课。可我却不。好汉不提当年勇自不必说，想当年，我也确实没有给国家给民族做过什么值得一提的贡献。

回想当年，无非是追忆过去，感怀历史。越来越浮躁的现实中，只是感觉到只有回忆才最安全，自己才不会受到伤害。

自然，这种回忆一旦公开，也许某种程度地会伤害到别人。现代人已经越来越脆弱，经不起任何伤害，青少年整天唱着为什么受伤的总是我，老年人总是畅谈着日子过得没滋没味，如何选择安眠药已经成了中年人的必修课，不像我们当年，白天挨了一整天的批判检讨，夜里照样呼呼大睡。然而，我又觉得，就像许多婚外恋者一样，对妻子对丈夫要永远地欺骗，决不可实话实说交代自己有了外遇，这样做的目的自然是让他或她永远感觉到对方对自己的忠贞与忠诚，让他或她永远有种幸福的感觉。因为人活一世就是活着一种感觉，因此这种感觉很重要，因此这种欺骗的初衷就是善良的，其过程和结果也必然不是伤害而是善良。因此我想，我的这篇短文即使真的或假如伤害到了哪位当事者，也真诚地请你们能够原谅，因为我的初衷也是善良的。

感怀过去，既有怀恋，也有憎恨，既有感慨，也有叹喟。感叹过去许多美好的有劳有获的时光，怀恋那时劳动的快乐和人与人之间相交相处的真纯，感慨的是如今人类面对现代文明涨潮中掺杂泛起许多丑恶的无奈和愈来愈心口不一的虚伪，从骨子里憎恨与厌恶的则是由于金钱和各种利益驱动下所有衍生的罪恶与冷酷。

回眸过去，除了身体健康方面透支太多，落下一些老病，其他没有过多的遗憾。比如，我当汽车司机时，有一次汽车坏在雪窝子里，8 天没吃东西，只是渴了吃点冰雪，从此得了顽固的胃病；再比如，冬天里赤足光脚，站在有冰碴的泥水里和泥，现在经常腿脚抽筋或者遇到阴天身体各个关节就隐隐作痛等等。但是，仍然怀恋过去的日子。假如人生能像高考，还是想把当年再复习一遍……

30 岁那年的玉碎瓦全

题记：

吮着经血和羊水就被母亲流产时，生命的所有体验都是被爱；可是一旦来到人间，快乐起来其实真的很难……

至此。

一如当今的“85 后”，已与三十岁举案齐眉。

那一年，自己与自己心连心，手拉手，青春与理想相随，奋斗与创业为伍，年龄与心态同步，相伴着一起走进中年。

那时，蛰伏偏蛮一隅，屯垦戍边，踏荒望月，事倍功半，屡败屡战，偶有小胜也不敢沾沾自喜，总是在不歇脚地拼搏挣扎。个中，有一点点愉悦，一点点苦涩，一点点固守，一点点摒弃，一点点的好高骛远，还有一点点的装腔作势。总的看，还行。

相对于雌性，30 岁已近少女垂暮，老妇嫩枝。也或许，痛失杨柳，埋葬纯情。可我，迈进领导人行列尚早，再不成家立业似晚，所以给自己的定位是，不老不嫩，不上不下，不温不火，不软不硬，不空不满，不急不缓，不紧不慢，不高不低，而且还有很强的箭在弦上恨不能一矢中的的渴望，尤可自慰和窃喜的是，那时还没有不男不女。因为，出于生理的成熟与本能，早在十年前，就已经开始了手淫自娱并尝到和持有了只有男人所特有的按照弗洛伊德理论所言的即一切都是来自于性的动力和快感。

三十岁，其实最直接的感受是，那时还是计划经济时代，除了阶级斗争和革命革命再革命，进步进步再进步，还没有太多的生活拖累和时间概念的紧迫与空间概念的疲惫。

往前回溯十年的某个深夜。一觉醒来，一身冷汗，裆下白色粗布短裤竟被体内流出的液体涂抹成一片黏湿。内心里慌乱的羞愧自然封堵不住快慰感觉潮流的奔涌，于是白天找来一本破旧的书籍来看，懂得了那是象征着一个男人生理成熟标志的遗精。

也是那一晚，天高云淡，月朗星稀。挤在 30 个男人一条通铺的大宿舍里再没睡着，打着手电看了几页《毛泽东选集》第三卷之后，抱着枕头捂着肚子跑去走廊尽头拧开水龙头，让心理的黄河舞蹈泄洪于千年万代都在静止的堤岸两旁，试图将一些无以回避的烦恼、尘埃冲刷干净。但是，却永远记住了至今都没忘记的读《毛选》中有一段特别煽情的话：我们的同志在困难的时候，要看到成绩，要看到光明，要提高我们的勇气。

那时是怎样的一种环境呢？白天，老工人和小工人们边忙着手里的活计，边眉飞色舞地神侃我们蜗居的这座小城以及小城内外正在流传或能够流传的各种真实与杜撰，或真实与杜撰糅在一起的色情故事。缭绕的烟雾弥漫在男工女工黝黑与白皙的脖颈周围，她们和他们边用手掌手臂推挡烟雾，边擦拭着眼角不知是烟呛的还是被荤素搭配的段子逗乐得掉下的泪水，嬉戏着笑骂着语录着："你个驴日的！狗嘴里就是吐不出象牙来，又不是你给她扒下来的裤衩，你怎么就能知道她阴毛的厚薄和稀疏？"

他们和我经常在繁重的劳作之余，嬉戏着释放着青春的潜力活力，成年及准成年的女性们经常相互撕扯着，扒下某个同性异性的长裤短裤，摸摸鸡鸡摸摸毛儿，经常魔术师一样的在笑得抖颤着的肩膀下，还能继续熟练地搬动着手里的物件，看着货物像楼房或城墙一样一点点地增高，再一件一件搬运出去变成一片空地。

比工人们高明不了多少的机关科室干部及以工代干的准干部们，则每天清早就打开房门，擦抹桌椅，浇水拖地，而后每人面前放一杯或茶或水或茶水加些枸杞子橘子皮胖大海之类的物什，就着眼前一寸寸热气升腾，故作清高地读报阅事，总揽政局和八卦。自然，不出一个时辰，手中传读的报纸就会翻飞到房门之上的窗口，仅有的一点窥视之镜被堵得严严实实之后，便七、五、毛、二、JQK 展开了“拱猪”之战。

那段时日，我就在这种环境里学习、生活和成长，从工人堆里从精学《毛泽东选集》一至四卷开始，同时也如饥似渴地偷偷痴读着《红楼》《水浒》《三国》《青春之歌》之类，逐步脱产以工代干走上了政治干事保卫干事办公室主任等岗位。同时也常常在这样一座仓库并被确定为物资供应站的一处很长的平房的走廊上久久徘徊，经常寻着走廊尽头窗口的一丝光亮饥饿状态般地走去一处又一处茫然的去处。

组织部长面带慈笑地说：“小王，这次涨工资大家对你评价最高，可是劳资科的张小傻已经排了三四次了，她这次若还涨不上必然要闹天闹地，你，你能不能让让她？”

“行。”

组织部长仍然面带慈笑地说：“小王，这次评定职称大家对你评价最高，可是工会的李小痴已经等了四五年了，这次若轮不上他，他的工资就无法兑现，他家有四个孩子六只猫统共要有十二张嘴等着吃饭，你，你能不能让让他？”

“行。”

还是组织部长还是面带慈笑地说：“小王，这次入党积极分子考核大家对你评价最高，团委的刘小乜考了五六年了，这次若排不上她，她就转不了干，她都三十四五早该退团了她，你，你能不能让让她？”

“行。”

这次慈笑的不是组织部长而是房产处长：“单位要分配住房了，本来这次应该有你，可是赵小睡是孙局长的外甥，这你知道，我也很为难，你看，你看这次你能不能让一让？”

“行。”

那段时日我的人缘出奇的好，好得没有纷争，好得有点超凡脱俗，好得连我自己心里都他娘的嫉妒得时时发痒。

因此，我也有了大量阅读、思考、观察、写作和行走的时间。

一个暖阳的冬日，就在我的直接领导正在酝酿如何将“正直、善良、谦逊、俊气”的我纳为驸马贤婿的间隙，我毅然决定并开始了蓄谋已久的远行，那种急迫远走的念头近乎于沧浪拍岸和火烧眉毛的越狱逃离。家人的反应倒是基本平静，只有妈妈幽怨地一声叹息：“可惜隔壁人家小琴的一片痴情了，多么漂亮贤惠能干的丫头啊，天天下班回来就帮她妈妈喂鸡喂鸭！”

妈妈指的是我那一场纯真的初恋。纯真得甚至连手都没有拉过一下。妈妈觉得小琴漂亮，我就跟着觉得漂亮。妈妈觉得我们般配，我就跟着觉得般配。没过多久，我儿时最好的伙伴故意给我看了他的日记，原来他梦中情人就是那个女孩。我本是一个义气重于泰山的人，这一意外使我原本想要盲目的流窜顺理成章地助长为仓皇逃离。

逃离。

那一年是我参加革命后的第十三个年头，是六二年灾荒挨饿之后的第十八个年头。那一年，刚刚粉碎“四人帮”不久，是华国锋同志当中共中央主席的时候，报纸上喇叭里反复地大讲特讲抓纲治国，国泰民安，中华人民共和国国民生产总值总是持续上扬，人均 GDP 和国民可支配收入也在稳步增长。那时，我也十分关注这些的同时，对文学创作更是如醉如痴。因此，当组织部长 N 次也是最后一次找我谈话，说党委已经决定准备提拔我为党委宣传部长时，我没丝毫犹豫，当即一口回绝了。

弃官从文，中国的官本位思想观念让当时的同事和领导们大惑不解。这一举动或许只有早我几十年出生的张爱玲能够理解。

我并不想刻意沾染张爱玲的灵光，实实在在是我的灵魂亲近她的思想，有如眼前的尘埃无法蒙蔽她钟情于思的苍凉，就像暮色必将走向夜色，夜色必将亲吻晨曦一样的自然而然。

于是我怀揣着莽撞大于理性的勇气，心里想着当年鲁迅、萧军、萧红和毛泽东离家远行的悲壮，走进了当时感觉就像苍穹似的东北大城市佳木斯。起跳的心态也在异乡天空下继续武装着自己的坚强。

那时的我，只想寻找更加高远的太阳。

是现实破碎之后的碎片织就了我寻找梦想的梦。这，也许就是当今中国许多年轻人也一直都在寻找的实现自身价值的梦。

进城那天是个早晨。绿皮火车，逛荡一夜，身体疲乏脑子还算清醒。下车前，我把当时非常流行的绿色军帽里垫了一层纸板，以使它外观更加坚挺。用毛巾沾着昏黄的污水抚平了蓝色中山装的褶皱，并用力擦去了前襟的一块油渍，尽量使自己显得不那么懒散邋遢。走出站台，发现绿色军裤的裤线已经模糊，于是找了个建筑物的拐角又吐了口唾液沾湿并捏出了膝弯处的一点裤线。于是，挺直了长期看书写字已经习惯了的驼背，正了正左肩挎着的印有红色“为人民服务”字样的军用挎包，俨然以城市人的形象并一点也不心虚地融入了熙熙攘攘的人流。

或许，我天生就有某种自命不凡的妄想和王者之气，所以注定要备受磨难和坎坷。

我那时报到的单位是一家文学刊物的编辑部，叫《北大荒文学》。多年的文学要为政治服务的创作准则、理念和定位已经在我周围的老编辑们心底里深深扎根，所以后来慢慢发现，原以为可以任意驰骋的天地依然难觅心灵安放之所和没有可以实现自己梦想的席梦思软床。于是，我那时除了读书写作就是写作读书，于是夹着尾巴做人和仰视所有人做事的心态也只能依然地一如既往。

春天时我问：“老师，这篇稿子您看行么？”

夏天时我问：“老师，您看这篇稿子行么？”

秋天时我问：“您看这篇稿子行么老师？”

冬天我仍然还问：“这篇稿子您看行么老师，老师你看这篇稿子行么？”

于是乎，灵动锈蚀，成了机械，而机械则要变成了一堆废铁。

于是乎，厚积而薄发，物极而必反。也就是那年冬天第一场大雪突然降临佳木斯这座原以为很大其实很小的城市的时候，我的一篇小说也突然走红得了全国文学创作最高的大奖，于是，伴随着鲜花掌声镁光灯的闪烁以及时不时收到的情书，多年流浪的翻飞思绪和忐忑不安的心灵也算有了一块可以暂且偷安的居所。

三十而立，三十成名。很快，我出版了第一本书籍。也很快，人怕出名猪怕壮，木秀于林风必吹之，枪打出头鸟弹落一摊泥，随着这些古训的一一应验，随着很多似是而非的什么我关着办公室房门跟女同志谈话、我某天某时跟谁谁谁见面没有主动打个招呼给个笑脸等传言的盛行，当年留下的好口碑好人缘也一扫而光，也随着我第一本书籍的出版，我也即将在杂志社出局。

那时，我是从普通编辑到领导编辑们再到掌管着每期刊物所有可发可不发的所有作品，每天，我似乎都在冷漠的热情中触摸着一种热情中的冷漠。主管编辑部的上级领导是个五十多岁的男性，统领着那个地区所有意识形态领域的所有部门，此人四川人士，转业军官，运筹帷幄，工作练达，为人仗义，他无论在我成名之前还是在我成名之后，只要见面，就总是在用我所能领悟到的眼神慰问我那或许只有我自己才能相知相识的冷静、冷漠与孤独。

终于有一天，在那座日伪时期修建日军营房，新中国成立后又几次翻修的综合办公大楼四层的一条也是长长的走廊上，他没有任何铺垫地对我说：“凡是进了这座大楼的人，都是舞文弄墨和纯粹的无产者，你不是他们，你要么娶个高干子女留下来，并且要去做官，要么就趁早调走，趁早……”

“趁早。”

依稀记得张爱玲说过“出名要趁早”，可我已无暇顾及出名早晚，只记得当时走廊上的我，就像一条还没进化的爬虫，在迷蒙和笨拙地寻找着没有方向的方向，失落而无措。

当时，我在那样一座既古旧又鲜亮的综合大楼四楼的走廊上久久徘徊并又一次复燃了心底的流浪之火，不时地像蛇一样吐出长舌窥窃着走廊尽头一处窗口的一丝光亮并且瘦狼般饥饿地扑了过去。

不日，火车又一次拉响了我所熟悉的白雾中的汽笛，嘈杂的车厢里漂浮着改革开放后刚刚解禁的邓丽君的“靡靡之音”：“小城故事多，充满喜和乐……”我的心情却吊挂在车窗之外随着快速倒过的多色景物幽灵一般地在荒野里飘荡。

五站过后，检票的列车长匆忙中踩了我的左脚。自然，他没有也不会向我道歉。

七站过后，我给一位面黄肌瘦并且抱着也是面黄肌瘦的孩子的老妇让了座位。自然，她也没有也必然不会向我道谢。

九站过后，我座位对面一个此前所见过的所有女性中肯定是为数不多的最感人和最漂亮的陌生女孩，不停地向我抛来媚眼，有时还有意无意地在桌下用脚碰一碰我的小腿。还是自然，我不会也不敢为之所动所有健康异性都应该具有的花心。

上述是说，那个时代的人全然就是这样。

哈尔滨。中国东北最边远省份的省会。没来之前和想象之后，萦绕脑际的总是那样。

什么样？神秘。

以前，听说过人们对哈尔滨的俚语描述：自行车，把朝外，喝啤酒，像灌溉，柏油马路粘车带，抱着小孩谈恋爱。这就足以说明，哈尔滨很大。如果不大，不会如此丰富多彩，起码不像我所居住过的佳木斯。人们对佳木斯的描述是：一泡尿，流到头，两个警察四个猴。

确实，佳木斯有个西林公园，公园里的动物园没有其他动物，只有四只猴子。

那时，《美丽的太阳岛上》这首歌曲还没有创作更没有流行传唱。那时唱得比较多和比较流行的还是“太阳最红，毛主席最亲”“一片丹心向阳开，向呀吗向阳开”。

哈尔滨，的确是个很大的城市。那里，曾经是我心目中向往已久圣地一样的地方。圣地，就必然会有许多朝圣者。我，大约就是众多朝圣者之一。

哈尔滨的太阳也照常升起。

哈尔滨确实很大。不管你信与不信，反正我是信了。在我进了这个城市一个月，赶上了那年元旦。这个很大的地方放的鞭炮都比佳木斯要多很多、响得很响。那年和那年之后，中国大陆发生了很多事情，街上开始有了出租汽车有了无线大哥大，家里电视由黑白变成了彩色，女人多年一贯的短发 5 号头开始有了波浪，邓小平让一部分人先富起来的政策也出现了一些当时令人垂涎三尺的万元户。有一年，我平生第一次看见了真的立交桥，现场看见了真的焰火绽放，还平生第一次在街上看见了穿着短裙和砍袖衬衫的姑娘，同时也自然看到了许多大女人小女人没被衣服遮住的许多部位充满诱惑的白皙与黝黑的皮肉。有一次，在一位刚刚出国回来的朋友家里，还第一次见识了录像机，见识了录像机里播放的所谓黄色录像。并且，我在黄色录像里看到了惊人的镜头。原来，房事并非只能用下体去做，还可以用嘴，用手，用器具，用你的四肢去做。

那一年，我在街头巷尾的议论中公然听到了这样的议论：走自己的路，让别人无路可走。

也是那一年，网络上看到了这样一个段子。是说一列火车马上要开了，一位女士上车走到一位已经落座的男士身旁说，先生，这是我的座位您坐错了。男士拿出车票急扯白脸地对女士说，您好好看看，这是我的座位。女士也不争辩，只是乖乖地站在男士身旁，待火车开动之后悠悠地对男士说，先生，我非常善意地提醒您，您坐错车次了。男士又掏出车票细看，果然错了。

这个故事说明，有些提醒让你悔之莫及。好在，人生只有起点，也会有你要选择的路线和目的地，但是走的对错，何时抵达，能否抵达，全凭天意。所谓尽人事，听天命。

恍然之中，我又长大了一岁。在那年辞岁迎新的除夕之夜，那天夜晚的我却在自己责问自己，王凤麟啊王凤麟，你不能吃了多少颗黄豆都不知道腥啊，面对社会愈演愈烈的贪婪、欲望和诱惑，你顶得住么？

那些年，我们的日月星辰

题记：

解剖真实的虚伪与虚伪的真实，难度之大已超乎人的本性本身。

清理手机通讯录，把原有的 1309 人减到了 1211 人，又有近百人或已离世，或已远走，或已疏离早就不再联系。

通讯录每一次减少，心中就多一份悲凉。

度娘说，人的一生一般要经历 2000 至 4000 人。还说这世界上只有两个人，男人和女人。男人一生至少要经历 3 个女人，最爱的，爱自己的和能够共度一生的。女人亦不例外。

我始终迷惑于遭遇与经历的区别。百思不得其解但解铃还须系铃人的是，人生总在遭遇一些人一些事，然后与他们一一分别，只在记忆中丢下几张碎片，让你拼接咀嚼成经历，年华老去也难以忘怀。

当年我在东北白炮台那段时日，就是这样。

白炮台是一地名，位于黑龙江省富锦市东郊，十万分之一的地图上可以找到。当年，东北人把伪满洲国日本人统治属地的炮楼称为炮台。白色的炮楼就叫白炮台。我在白炮台时是20世纪70年代。

那时，毛主席说我们就像早晨八九点钟的太阳，世界是我们的，如今我倒觉得当年恰如今天北京七八点钟的地铁，车一到站，立马群涌奔腾，一拥而上，一拥而下，那个世界真的属于我们。

去白炮台报到那天的记忆十分深刻。

那是一个北方秋天的下午，朗朗秋日，万里晴空，我却无缘无故地感觉到微风习习的空气里，竟然弥漫着女人经血的味道。

味道里腥中有咸，咸中有涩，还有丝丝的甜。后来我才知道，那味道预示着当天夜里一次抓特务的演习拉练。

那夜，我们驻地前方大约三公里处不时有红黄绿色信号弹升起。于是300多号人的队伍荷枪实弹，紧急集合，然后撒开散兵线搜索特务。那些年，我们周边总是夜里升起各种信号弹，总是在抓苏联特务又总是不能抓到。后来才知道，那些信号弹都是为了防止部队放松警惕，是师部作战科白天预埋的定时信号弹。那次行动当然与以往一样，忙活到半夜，也是一无所获。

但是后来很多年，当夜女人经血的那种味道一直困扰着我。

那时，我在黑龙江生产建设兵团第六师。兵团是正军级，隶属沈阳军区，营以上干部都是现役军人，普通战士及基层班排连长是京、津、沪、杭等各大城市下乡知青。当时，中国与苏联对抗，苏联在我国北方边境陈兵百万，兵团的主要任务是屯垦戍边，应对苏联可能的军事进攻和驻扎边疆种地打粮。我们师位于抚远三角洲，地处反苏最前线。时隔 30 多年，现在已不属于秘密。据统计，这个师绝对是个加强师，共有 12 个团，每个团平均 20 个武装连队，总兵力达 13 万人，相当于正规军五六个军的兵员。并有各种大炮 600 门，轻重机枪 2000 多挺，40 火箭筒 30000 多枚。这些虽然都是野战部队淘汰的武器，但当时我们师长讲，我们将遵照毛主席的指示，大打一场人民战争，对付苏联远东军区 10 万敌军就是张飞吃豆芽，小菜一碟，无论谁胆敢来侵犯，保准让他陷入人民战争的汪洋大海，让他有来无回。

可是人家一直没来，自己内部却有点乱。我们所以要进驻富锦白炮台，是因为兵马未到、粮草先行。当时中国要对越南开战，担心苏联军队从北面打过来。中央制定的战略是“南打北防”，所以要在富锦白炮台建立战备物资中转中心，成立师部直属物资供应站。

组建新的单位，抽调一批干部，我即其中之一。当时，我的职务是师党委秘书，本可以继续跟着首长不到基层，只是因为我已经当了三年秘书，应该提拔或转岗了。再则，这仗也不知道能不能打起来，什么时候打，提拔干部也不能耽误，所以机关里一批我认为应该提拔的和首长们平时看着不太顺眼的干部，就充实到了基层。

我们一起下来四个人。我，男，27 岁，原师政治部秘书，任物资供应站第一副政委；小 A，男，28 岁，上海知青，原后勤部协理员，任第一副站长；小 B，男，31 岁，现役军人，原司令部作战科参谋，任第二副站长；小 C，女，26 岁，北京知青，后勤部政治处干事，任第二副政委。供应站是副团级单位。我们的任命都是副职，正营职，我们来之前这里有一位军龄很长资格很老的正团职站长，没配政委。我们报到那天，是师部组织科派人送的我们。那晚，老站长杀猪备酒给我们接风，结果，都喝大了。站长端着酒碗晃悠悠地对我说：操，王副政委，我大老粗，可我知道用人不疑，疑人不用。说句不中听的话，师里净鸡巴瞎整，纯属狗舔獠子，舒服一会儿是一会儿，依我的意见，你跟了师长政委三四年了，对你的任命一步到位就完事了，可政治部的老爷们不干，非要整个副的。反正咱这也没配政委，我就把你当政委了，你就副职当着正职干吧。老站长这番话，除了小 C 这个女同志对他鸡巴獠屌的脏话感觉不太自然，小 A、小 B 也不自然。我心里明白，同来的几个人都有自己的小九九儿。站长的话，等于把我提拔了一级，对他们刺激很大。

小 A，思想特别激进，是全国都闻名的知识青年上山下乡的典型。当年从大上海来到北大荒，他是写了血书来的北大荒，全国十名城市下乡知识青年联名给毛主席致电表示扎根边疆一辈子，全国各大媒体争相转发转载，他是致敬电发起人之一。为了表示扎根边疆的决心，他特意娶了个当地姑娘，闪电式结婚并且生了孩子。小 B，聪明睿智，曾经一度少年得志，在野战部队，20 多岁就副班长、班长、副排长、排长、副连长、连长、副营长的一路升迁。准备提拔正营职时，一直看重他的副军长提出招婿，让他和自己女儿结婚，小 B 坚决不从，委婉拒绝，于是离开野战部队调至生产建设兵团，从此得过且过，对前程心灰意懒。小 C，虽是女性，并且生就一副女人的纤细腰身，却是不爱红装爱武装，梳着精短干练的 5 号头，常年穿着绿军装，腰间总是扎着军用皮带，配着 54 式军用手枪，看上去甚是飒爽英姿。这里需要特别交代的是，小 C 是全师有名的美女，那时虽然不能公开称呼美女，但是暗中喜欢她的男人绝对不止一个整团。我们同来的 B 参谋就曾在宿舍里的一次闲聊中公开宣称，假如能娶上小 C 这样的老婆，就是死了，也值。自然，我虽然也积极要求进步，表面上装得极其正人君子，但内心却也对她十分倾慕。

或许，我们这些个人经历已经预示了某种不幸，而整整一代的人的不幸自然也就酿成了整个时代的不幸。

接风晚宴吃完，送走师部政治部组织科来送我们的坚持赶回师部的副科长，刚刚回到宿舍，紧急集合号就划破夜空响了起来。我们跑步到操场时，队伍已经大部分到齐，不远处黑黢黢的夜空里，信号弹在此起彼伏地不断升起。老站长命令各个连排班点名报数，简单做了抓特务的部署，队伍就撒开散兵线开始大面积搜索。行进中，老站长悄悄说：王政委，不用当真，哪有什么狗鸟特务，都是师部那帮没事干的瞎参谋烂干事闲扯淡。显然，老站长把我当成了知己。我心存感激的同时也摸到了底细，搜捕中就不那么认真。所以，我就把我们同来的几位同事当时的表现就当成了表演。小 A 和小 C 都脚步匆匆，很是煞有介事，手里不停地挥舞着苏制 54 式手枪，不时轻声却很严厉地发着命令：快快，跟上跟上！搜得仔细点儿！小 B 终归是正规部队出来的，显得比较老练，虽也步履匆匆，却是有条不紊，看不出有什么紧张。这时，我趁着老站长没注意，贴近小 C 并悄悄跟她说：这是师部安排的演习拉练，别太认真了。不想，小 C 提着手枪横眉立目，低沉而严肃地质问我：你这是扰乱军心，你！什么意思?!

看着她的眼睛，我想起了前不久一件往事。一天，我在秘书科接到小 C 一个电话，我顺嘴问了一句您贵姓您哪一位呀?不想，小 C 竟厉色回道：贵什么贵，少来封资修那一套！

那天夜里，我们抓了半宿的特务，弄得全体干部战士满身大汗，气喘吁吁，端枪和背枪的姿势五花八门，特别像一群当年的吊儿郎当的伪军。当我们几个站领导回到办公室听取各分队汇报时，我在昏黄的灯光下却惊异地发现，小 C 下身的军裤浸红了一片，她自己却似乎浑然不觉，若无其事地听着汇报。这时我才知道，那种女人经血的味道并非我凭空想象，而是她来了例假大姨妈，刚才急行军的一通奔跑和折腾又流了更多的血。不知怎么，我竟有些幸灾乐祸，故意提问很多问题故意拖延了许多连排干部汇报的时间。B 参谋似乎也发现了小 C 的情况，他突然不阴不阳地说：我说王副政委，光这么研究也抓不到特务，今天的会议我看就到这吧。

汇报会结束。女人经血的味道使我感觉到甜丝丝的。

从机关来到基层，小C的思想激进和小B玩世不恭的态度一如既往，小A的表现却有些消沉，他本来在机关被提拔师后勤部副政委的呼声很高，但这次不仅没被重用，被同级调动并且排名在我之后，可能有些不满情绪。于是，他虽然娶了老婆，却经常找些漂亮的女知青谈话。男女之大防，如今已经不算什么事情，可在那时却是有违天条大律。这种苗头若是发生在一般战士身上，早已大会点名小会检讨批倒批臭或者发配到农业连队去劳动锻炼了，可是对于小A这个副站长，我们只能睁一只眼闭一只眼，把它看作似有似无。

这项工作由我分工负责，我很同情小A。他上海知青，一个堂堂副营职干部，享誉全国响当当的扎根边疆的知青典型，竟然娶了个没有文化的农村姑娘，这本身就是一个很大的悲剧。小A为了政治仕途已经牺牲了很多。再则，我们是一起调到这个单位的，我对年轻人不准谈恋爱的规定也不十分热心，所以我不愿意背上同室操戈的骂名。因此，我对小A的同情和理解自然多于其他。

有一天，小A悄悄地叹气说：嗨，孩子的奶粉又断顿了。于是，我把那个月兜里仅有的11元钱悄悄塞给了小A。要知道，我们那时一个月的工资也只有38.5元钱。

不久，战备气氛一日紧似一日。师部发出新的指令，命令我们抽调一支精干小分队，由站领导带队去乌苏里江边一个大山里的战备物资仓库执勤值班。

进山之前发生了两件事。

一是在我们战备最为紧张的时刻，师部政治部通知说江青同志受毛主席委托，从北京送来了芒果慰问守卫北国边疆的兵团战士。江青是毛主席的夫人和战友，是中央政治局委员和“文革”领导小组成员，权倾朝野，红极一时，她给我们送来芒果是莫大的荣誉。但是，在选择谁去师部请来芒果的问题上却发生了争执。按常规，这种任务理所当然是政委分内的事，这种荣誉也理应非我莫属。可是，小 A 却说，虽说我是军事干部，可我给毛主席他老人家写过致敬电，毛主席也给我们回了信，这个任务应该交给我。会上，小 B 眼望天空不发言，小 C 则一会看看小 A，一会看看我，不仅不表明态度还不时露出一丝不易察觉的窃笑。

老站长难以拍板，就打电话请示师部政治部。结果，师政治部点名把这个无尚光荣的任务交给了副站长小 A。

第二件事，是老站长当年抗美援朝战争中负伤残留在脑袋里的弹片锈蚀感染，紧急住进了师部医院，师部任命小 B 为代理站长，小 C 代理政委职务。这一任命完全出乎我们预料，对一心要求进步的小 A 和我都打击很大。本来，我与小 A 的任命都在他俩之前，现在却成了他俩的下级。宣布命令时，小 A 虽然口口声声服从师党委的英明决定，可我知道，他骨子里绝对是个地地道道的官迷或投机分子。

一天，我们几个围在一桌吃午饭，小 A 的老婆来了，说小 A 已经两个月没给家里寄钱了，孩子买奶粉的钱早就断捻了，饿得孩子嗷嗷叫。这时，偏巧司务长雪莲向分管后勤的小 A 来报告，说一个战士本月的饭票丢了，吃饭不交饭票还无理取闹。

雪莲是天津知青，长得漂亮，也是我中学时期一个同学的初恋对象。

我见小 A 有些尴尬，便批评雪莲说，没看这有客人么，这点小事也值得这个时候汇报？小 A 犹豫了一下，从上衣口袋里掏出五六块钱说，你先用这钱给他买饭票，吵架的事回头再做处理。

说来也真难为了小 A。老婆是农村妇女，没有工作，我们虽然都是正营职，可工资仍然农工三级，每月 38 块 5。我们单身还将就，小 A 要养活三口之家，也真够他呛的。可是小 A 虽然囊中羞涩，却总是打肿了脸充胖子，这样的表面文章没少做。那天，他显然已经囊中空空了，正要冲他老婆发脾气，小 C 迅速站了起来，并拿出 10 元钱硬塞给他老婆才算解围。自然，我和小B虽然也假惺惺地分别塞给他老婆10元钱，却都用嫉妒的目光瞪了小C几眼。

也是那天，小B悄悄告诉我，看小A老婆微微隆起的肚子，说明她又怀孕了。这对仕途正在关键节点的小A来说，无疑又是新的打击。

那几年，计划生育抓得正紧，一孩一胎是基本国策，如有违反必定严惩不贷。

后来，不待小A偷偷把老婆领到县城打胎，并导致他老婆打胎时子宫大出血险些落下终身残疾，我和小B小C就拉着一支精干的队伍进山了。

因为，我们接到的命令是立即出发去前线指挥部接管一个大的军需仓库，大部分人马还要留在供应站本部。所以经过研究，代理站长小A留守本站，我们率队进山。

山里的气氛与外面截然不同，各种山炮、野炮、坦克与荷枪实弹戴领章帽徽的军人很多，浓浓的火药味和隆隆的战车轰鸣也四处飘荡。战争，似乎一触即发。

中苏边界仅有乌苏里江一江之隔，我们所处的地点就是江边的卧虎力山。那时正是隆冬季节，站在山头顶上，可以看见中苏双方的士兵每天都多次测量大江冰层的厚度，都怕对方的坦克和装甲车一夜之间就会横冲直撞地闯了过来。

我们抵达的当晚，就得到了师长接见。师长是安徽人，来兵团前是军内响当当的 115 师副参谋长。115 师平型关大捷打日本鬼子的时候，师长虽然只是一个连队的司号员，但他给我们讲的故事里，好像他就是林彪本人。师长虽然林彪倒台以后不怎么再讲 115 师了，但他长期军旅生涯养成的那种军人的威严和讲话的极具煽动性还是令我们十分敬畏。

那晚，师长讲道：苏修并没有什么可怕，不就是飞机坦克多一些么硬一些吗？但是，他们能有我们千百万的革命战士多吗？能有我们革命战士的骨头硬吗？这仗必然要打，对于美帝和苏联修正主义，你不打，他就不倒，他就不垮，这是毛主席说的。毛主席还说，一切反动派都是纸老虎，所以我现在就告诉大家，只要我们打好这一仗，只要我们能够顶住苏军三天的进攻，我们就在这里修建个庆功彩门，彩门两侧由毛主席给我们亲笔题词！这时，大家听说毛主席给我们题词，热血一下就沸腾起来，热泪也一下就涌了出来。接着就是雷鸣般的口号声和长时间的掌声。当晚，我问师长，毛主席真的会给我们题词吗？师长说小王啊你还是那么幼稚，毛主席题词是现成的嘛。把毛主席诗词里“为有牺牲多壮志，敢叫日月换新天”书写下来，贴到大门两侧就是了。当然，我要添加个横批，写上“建设钢铁边防”六个大字。

想到刚才战士们雷鸣般的掌声，师长的话令我啼笑皆非。

也是当晚，我们还受到沈阳军区江拥辉副司令的接见。江司令员虽然看去是个瘦小干瘪的小老头儿，名声也是响彻军内军外。当年，这个小老头在著名的辽沈战役塔山阻击战时只是个营长，但据说他那个营打的300多人最后只活下来四个。江副司令讲话很简洁，他说，你们虽然都是兵团战士，一手拿镐，一手拿枪，不戴领章帽徽，可你们这些年屯垦戍边却立下了汗马功劳。这次，战争一触即发，你们的任务既很简单，也很光荣也很重要。那就是，必须和军区后勤部的指战员一起，保证我这几百辆坦克、近千门火炮和数万战士能拉得动，打得响，战得赢。

老爷子话语不多，可聆听指示的我们几个站部领导和师首长都一阵阵地领口冒出凉气。

接下来，即进入紧张工作。我们站领导也明确了分工：代理政委小C总负责，协调上传下达，副站长小B在正规部队干过，经验多，负责弹药被服粮草等作战勤务，我汽车司机出身，则专门负责管理车队和油料运输。车队有油罐车40多辆，我们人停车不停，昼夜加班，每台车三个司机倒班，不停地来往于站部本部和战备前线，可小C还是不断没鼻子没脸地告诉我，军区一个副参谋长总是说油料紧缺。不得已，又增加10台油罐车才算顶住。

我们运送来的油料储存在一座掏空了的大山山洞里数十个巨大油罐里。事过多年之后我都十分纳闷儿，当年的仗最终也没打得起来，我们运来的百余吨的柴油汽油都哪去了呢？

南边终于打起来了，定名为中越还击作战。

战报显示，我英勇的中国人民解放军在开战当天，东线许世友、西线杨得志指挥的部队就全面突破中越边境广西、云南所有防线，战役迅速向越南纵深发展，所到之处，一片火海和焦土。

南边开打了，我们驻守的北部边境反而安静，每天除了敌情通报里说苏军正在不断增兵，其他也看不出什么大举进犯的动作。另外，我们进驻前线已经 20 多天了，天天绷紧的神经和开始还有的新奇感也日渐放松和司空见惯了。于是乎，正如人们常说的，人一闲下来准会出事。

果然出事了。

那天傍晚，我借口研究某项工作想见一见许久没见的小 C。我掀开小 C 住的帐篷门帘，眼前的景象令我大吃一惊。

小 C 正一个人端坐于汽油桶改造的火炉旁边，身着一件从未见她穿过的半袖粉色衬衣，扬着雪白如藕的小臂和手，在一面小圆镜前轻轻涂抹着腮红。她头发蓬松散乱，炉火映出她面庞的几分羞涩，嘴里还随着高高隆起的胸脯的一起一伏，忘我忘情地哼唱着洪湖水、浪打浪。侧面看，简直就是一幅油画，像极了小说里描述的一位窈窕淑女在梳妆打扮。

她很动情很忘我，没有发现我的到来。我当时也立刻惊呆了。真是看不出，整天满脸严肃满嘴都是革命口号的代理政委，竟然也有她女人如此阴柔的一面。

我正看得如醉如痴，突然，不远处砰砰两声枪响，我与小C都一瞬惊诧之后慌忙跑出了帐篷。

原来，兵团有严格的纪律，男不到27岁，女不到25岁，绝对不准恋爱结婚。而且那时还有无形潜在的铁定规则，假如哪个不到结婚年龄的青年男女谈了恋爱，就会被视为革命意志颓废和资产阶级思想严重，甚者还会做出检讨和受到批判。然而，成群的青年男女成年累月在一起摸爬滚打，人的本能属性又根本不会磨灭，因此不论怎样控制和教育，因为失恋和禁欲酿成的恶性事故和孕产遗弃婴儿的现象仍然屡屡发生。

那天的两声枪响就是此类事故。肇事者竟然是我同班同学。

我见到我同学马得胜的时候，他是被武装战士五花大绑押解着来见我和小C的。

我们是中学同学，一起毕业分配在师部汽车连，然后他先来了这个供应站，我则脱产进了机关。马得胜来这个单位是为了他能与他的初恋女孩雪莲常在一起，还是我看在他们爱得要死要活的份上帮忙调他来当了汽车司机的，不想竟然出了这样的事情。

事情也很简单。只不过，事关站领导小 A 所以就事关重大。

据押送他的战士报告，若非事发现场战士较多，有几个战士眼疾手快，马德胜就把 A 站长枪毙了。我与小 C 听后大诧，急问，A 站长不是在白炮台吗？站部一个保卫干事回答，代理站长小 A 今天乘坐运油的汽车也来了前线，他刚下汽车就发现与司务长雪莲谈恋爱的马得胜开车追了上来，马得胜见了 A 站长举枪就打，要不是我们反应果断迅速，代理站长也许……也许。保卫干事还说，原来，颇有几分姿色的司务长雪莲昨天夜里值班，小 A 站长便以查岗为名要与雪莲亲吻并要强奸雪莲，结果，马得胜回去拉油听了雪莲的哭诉便发誓报复。小 A 为躲避灾祸就来了前线，而马得胜还是追杀过来。我们又问，那小 A 代理站长呢？干事说，已经被师部保卫科带走了。这时，师部保卫科的两个干事来了，也没多说什么，带走了已被捆绑了的马得胜。

当晚，我就与小 C 乘车前往师部临时看守所探望小 A，听了小 A 声泪俱下的哭诉。

这时的小 A 已经完全变成了另一个人。或许这时的小 A 才是真正本色的小 A。他说，他家庭出身很苦，父亲是原来上海滩拉洋车的车夫，母亲靠给别人当佣人做饭洗衣服过活。他家孩子多，三个姐姐，两个弟弟，他跟弟弟盖一床被子长大，家里经常是吃了上顿没下顿。他下乡来北大荒，就是为了减轻家里负担自食其力。走向社会后，出人头地成了他唯一的奋斗目标。他娶现在的老婆，完全是为了实现自己的野心，其实心里一直最爱的就是雪莲。他说，那天晚上，是雪莲向他暗送秋波并说她即使把青春献给首长也在所不惜，所以他才那样做的。不过，他说，他不会这么供诉口供，所有的罪责都由自己承担。他说，雪莲所以那么做，目的是为了要他帮助办理病退手续返回城市。

后来，小 A 果然包揽了全部责任，真的没有出卖雪莲。

后来，我与小 C、小 B 一起联名上书，强调这事件只是年轻人的幼稚卤莽和轻率导致的一时冲动，力争将此事大事化小，小事化了。特别是小 C，还专程去过两次师部军事法庭，为小 A、马得胜的罪责游说开脱。最终，军事法庭量刑时考虑小 A 是毛主席点名树立起来的全国知识青年扎根边疆的典型，被从轻发落，以强奸未遂罪判处有期徒刑 8 年。小 A 去劳改农场服刑的那天，我、小 B、小 C 都去送行。半年之后的小 A，情绪已经稳定了许多。他说，最最对不起的，就是残疾的老婆和孩子，一直为了革命革命再革命而没能尽到一个丈夫和父亲的责任。最最不能理解的，就是这个社会，它使我们一直狂热不已，始终没能找到真正的自己。最最痛悔的，就是没听父亲母亲让他学门手艺的训导，平平淡淡度过一生。那天，所有人的心情都悲悲凄凄，我们都一致表示，承担起抚养小 A 老婆儿子的义务，嘱咐小 A 安心服刑，认真改造客观世界的同时也认真改造自己的主观世界。

那天，马得胜也去服刑。他因杀人未遂罪被判处有期徒刑 6 年。我去看他时，他显然没了热恋时的迷醉，却仍然惦记着雪莲。他请我们转告雪莲，他的负罪之身已经没有资格再爱雪莲，但他会永远怀着挚爱雪莲的心让她去寻找自己的幸福。我们问他，雪莲来探望过你吗？他摇摇头说没有。我们也没忍心告诉他，雪莲已经嫁给了她原来所在天津市革命委员会的一个老干部。在马得胜入狱不久，她就办理病退返回那座城市了。

据说，雪莲走的那天没有人给她送行。

据说，她离开白炮台那天，一个人在雪地里长时间长距离地狂奔狂喊，我可以返城啦，我终于可以返城了。

还据说，多年以后，她嫁给的那个老头儿是“文革”时的造反派头头。“四人帮”垮台后锒铛入狱，雪莲最终成了精神病患者，整天哼唱着她自己胡编的一首歌：北大荒，好地方，长年不见爹和娘——

小 A、马得胜去服刑的那天飘着小雪。小 C 把特意带来的一件崭新的军大衣披在小 A 身上，小 B 则对渐渐远行的敞篷汽车高喊：你放心去吧，你老婆儿子我来抚养！小 B 他早已被任命为站长接替了小 A 职务，他返回站部当天就接来了小 A 的老婆孩子，真的承担起了多年抚养小 A 老婆儿子的义务。

不久，中越还击作战胜利结束，我们守备的中苏边境也基本恢复正常。正规部队陆续撤退，我们物资供应站暂做留守善后。

留守处几座帐篷前有条小溪。一天，我与小 C 在小溪前不期而遇。寒暄过后，我说，C 政委，原来你的歌竟唱得那么好听，你那天唱的洪湖水浪打浪，简直把我迷住了。她脸微微一红，转而严肃地矢口否认：唱歌？什么洪湖水浪打浪？我没唱啊?！我虽愕然，仍以为小 C 的矢口否认是出于少女的羞涩，可是随着她越来越强硬的口吻和批评我小资产阶级情调极其严重的上纲上线，我随之极其鄙夷地感觉到受了愚弄之后的极其厌恶，愤怒地说了句：虚伪。便转身离去。

不久，知识青年大返城的热潮开始了。当年，他们哭着笑着吵着闹着轰轰烈烈地来了。几年之间就来了 76 万。如今，他们又哭着笑着吵着闹着也是轰轰烈烈地走了。几天时间就走了 60 多万。

一场喜剧闹剧，也是一场正剧悲剧。

之于个人，他们来的时候只有十七八岁，把人生最美好的时光和满腔的青春热血献给了北大荒这片土地。

当年少小离家去，如今老大把家还。原本属于他们的非常熟悉的城市已经陌生。他们面对的，绝非是从一个社会闲人开始重新找到自己的位子，有些拉家带口的还要养家糊口，两座城市结婚的还要面临牛郎织女两地分居的煎熬和考验。

生命虽在延续，起点和路线已经模糊。

之于国家，他们从边疆各地返回城市，原来所在的每个城市都要承载巨大的压力。而他们离去的边疆，则一度处于瘫痪状态。我所在的兵团，知青走后的很长时间里，地没人种，书没人教，病没人看，车没人开，兵没人带。很多久等听课的孩子，最终等来了老师已经返城的消息；大量播种的机车甚至没有熄火，就丢在了地里；挂上了吊瓶的病人，只能眼睁睁地看着护士们匆匆离去的背影而没有人把针头扎进血管。返城刚刚开始时，还需要病退、接班、困退等一些理由，知青们就做假各种证据，有的甚至往自己血管里注射汽油柴油，以求得到一纸符合办理病退条件的医院证明。其中还有一条，已经结婚并且不在一座城市的知青男女，不能办理返城手续。于是，一时间办理真假离婚的知青男女一时成风。到后来，所有的返城条件都已经有名无实，有的连队甚至把办理返城手续的公章用一根线绳吊在连队门口，只要有谁在一张表格上盖上公章，回城后就可以落下户口。那次知青返城的狂潮引发的社会悲剧，一直延续了很多年，影响了很多人，有的甚至付出了终生代价。

然而，这一切都已经与小 A、小 C 无缘。

小 A，刑期未满。小 C，则在大返城刚刚开始那年就已经长眠于这片土地。

小 C 死的那天清晨，阳光很是瑞丽。在瑞丽的晨阳和山谷里净洁的空气中，我清晰地记得那天又嗅出了女人经血的那种后来接触女性后才知道的微甜略腥的味道。

那天之前，我们接到师部命令，战备任务已经不多，支前小分队撤离并把我们看守管理的储存着数百吨汽油柴油的油库移交给野战部队。C 政委对这个决定很是情绪激动，找到师党委请求保留建制，坚辞我们能够用实际行动取得党和上级信任，完成好日常管理任务。但军令如山，不能更改。移交前，要把裸放在山洞外几个油罐的油抽光，然后再把空罐拉走。但是油泵不能把油罐底部的残油抽光，C 政委便带着几个战士跳进冰冷的油罐里用桶淘油。她跳进油罐前，有个女同志悄悄告诉我说 C 政委正来例假，于是我和小 B 前去阻止，可是，小 C 却从怀里掏出返回北京的登记表，含着泪说：我们亲手建立起来的这个战备油库，是党和人民对我们的最大信任，在我离开北大荒之前，就允许我最后行使一次代理政委的权力吧。

那时正是冬末春初，山里格外寒冷，而冻了一冬天的油罐简直就是一座巨大的冰窖。等到战士们把晕倒在冰冷油罐里的小 C 抬出油罐时，她两条棉军裤的裤腿已经全部洇红，例假期的冰冻与劳作，造成了小 C 体内大出血。在临时包扎所里，小 C 苏醒过来后不断向我和小 B 重复着两句话：一，我向组织隐瞒了自己资本家的家庭出身，一直想向组织坦白交代可是一直没有勇气；二，我 27 岁了，也一直爱着你俩，真想在你们之间选择一个结婚，做个真正的女人生个孩子……她还反复请求，请求组织能够从宽处理她隐瞒资本家出身问题，并且说，她虽然收到了返城登记表，但她请组织相信，她不会返城回到北京的，她要永远留在北大荒这片土地上……在小 C 弥留之际，她深情地盯着我和小 B，请求我们能在她最后的弥留时刻吻一吻她。我和小 B 满脸泪水，分别吻了小 C 美丽而苍白的面颊。

最后那一刻，小 C 眯起双眼，努嘴把唇送给了我，我深情地吻了她冰冷而柔软的双唇……

后来，我们撤退离开那片群山之前，我们在C政委墓前立了一座石碑，上面刻着：兵团战士陈小媛烈士之墓。

后来，黑龙江生产建设兵团撤消改成农垦总局，大批现役军人返回部队而小B却留在了原地。他在接济小A母子的交往中与小A的妻子产生了感情并与其结婚又生了一子，没有大富，却也殷实。

若干年后，小A减刑一年提前释放。提前释放的小A直接回了上海。后来，听说他出家当了和尚并在衡山一座庙宇里做了方丈。

再后来，也是若干年后，我陪同从国外专程回来为陈小媛扫墓的她的父母去了一次中俄边境的那片群山。那一次，我没有闻到女人经血的味道，耳畔却不时响起一直萦绕脑际的“洪湖水浪打浪，洪湖岸边是家乡”的悦耳歌声……

我们在同一个 LOGO 里进进出出

题记：

过往，总是来不及忘记。

中国有个北大荒。北大荒有张报纸叫《农垦日报》。曾经也叫《兵团战士报》。报社创办 30 周年庆典在即，来函要我写篇回忆。这个可以有，这个必须有。

我与该报有缘，结缘是给他们投稿写诗。那年只有 17 岁。17 岁就在报纸发表诗歌，应该说是少年得志。

17 岁那年是 1972 年。那年我中学毕业，被组织上分配到中国人民解放军沈阳军区黑龙江生产建设兵团第六师师部汽车连，职务是司机。那时的组织比爹妈还亲，那时参加工作不叫就业创业或叫求职应聘而是叫参加“革命”。那时能够读到的报纸杂志除了“两报一刊”只有兵团总部办的《兵团战士报》。

“两报一刊”的文章多在广播匣子里收听，《兵团战士报》是统一订阅再派送到师、团、营、连、排、班各级单位。那时能够识得很多汉字的人并不多，却都极其爱学习爱读书爱看报，不太识字的要查看《新华字典》。只不过那时的书店里只有马恩列斯毛的选集著作，文学作品只有《金光大道》《艳阳天》和后来我们垦区作家郑加真老师写的《江畔朝阳》等寥寥几本，不像现在，各类图书琳琅满目，一列列数十卷的什么《历代艳史集成》和《世界禁书大全》都可以公然摆在书店抢眼的架位上售卖。那时读书看报也不像现在，喜欢阅读八卦消息和花边新闻，那时的人是读些马列、毛选和报纸头版头条。当时，《兵团战士报》有副刊版，我每期必读，即使工作忙起来有时漏掉一期，事后也要找来补读。读得多了，也就有了给报纸写稿投稿的冲动。我这人天生比较实际，从来就不好高骛远，第一次写稿投稿就没有瞄准“两报一刊”而是给了当时的《兵团战士报》。虽然当时第一次投稿并且钢笔字变成铅字的文稿如今已经找不到了，但记忆深刻的是，那是一首十几行的诗歌。诗名叫《水利工地的灯火》。诗里面自鸣得意的诗句大约就是：“啊，夜晚，水利工地的灯火，有如天上的银河洒落地上人间。啊……”

那时如此幼稚的艺术感觉。那时如此浅薄的诗情俗句。但在那个年代，我能写出并且报纸也能发表这样的诗句，只能说，那个如火如荼年代的浅薄和幼稚就是如此地如火如荼。诗作发表之前，我是偷偷写稿和投稿，当时还能自知之明把握住自己仍是小人物的草根定位。诗歌发表后，却虚荣地逢人便把那张报纸给人传看，而且着实飘飘欲仙了几日之后竟俨然就把自己当成了甚至是伟人的文人。而且由此发端，又在本报陆续发表了散文《别拉洪河掠影》、小说《烦恼的星期日》，也在那时的头版头条发表过现在专给县（处）级干部看的新闻特写《建三江农垦管理局大灾之年粮食总产再创历史新高》之类，我本人也因此陆续职业改行，由汽车司机而机关书记员，由师部秘书而办公室主任、处长、局长、电视台台长、电影制片厂厂长，直至由建三江而佳木斯而哈尔滨而首都北京一路走来。后来我想，假如没有当时叫《兵团战士报》后来更名《农垦日报》那张报纸发表了我那首诗歌敲开文学之门，或许现在的我仍然就是偏居蛮荒一隅的汽车司机。

既然与《农垦日报》的一次结缘注定了我一生的追求和定位，使自己和别人都把我当成了文人名人，文学码字方面自然也不敢耽搁。此后虽然仅仅当了四年专业作家，其他时间却一直属于业余写作，也没有枉为文人一场，如今 30 多年过去，著述虽未等身，却也获得过全国文坛最高大奖，公印文字也达二百余万，部分方块汉字也译成了曲里拐弯的英语、法语、俄语、日语、韩语、西班牙语多种外文走向世界，著书立传了《雪葬》《古道》《活着累着苦着痛着》等三册。自然，其中某些作品引起争议和获得国内国际各类奖项者也有多篇多部。

北大荒几次复转部队官兵二十余万，全国京津沪杭等各大城市知识青年涌来 74 万，再加上不同批次分配来的各大专院校学生以及各地支援边疆的垦荒队，北大荒必然人才济济。能够进入《农垦日报》工作的，更是精英中的精英。所以，多年来我坚持认为，我与报社同人的相知和相处，是我人生所有收获的精华部分之一。

曾记得，我 1979 年调入《北大荒文学》杂志后，与报社隔壁办公，邻里相处。接触最早也记忆最深的是报社内勤“黑纪”大姐纪淑云在我旅行结婚归来之后不仅送了我们一个脸盆和两条毛巾，竟专门在家里包了当时鲜见的芹菜猪肉馅饺子为我新婚庆贺。当时结婚没有居所就以办公室为家，与邻相伴同住办公室的还有报社副刊编辑王秋德、美术编辑张洪驯夫妇。我至今不知王、张两位是否骨子里就是孤僻清高之人，但我知道我自己是在穷装，是被社会压力逼迫和被别人胡乱吹捧得必然要装出道貌岸然，因此我们都即使无所事事也常常挑灯熬夜、面壁打坐而不窥园。晚上别人下班了我们才可做饭，饭菜不可做得太香，免得机关公堂圣地次日还遗留居家气息，三家主妇做的饭菜稍有差异自然便互通有无，饭后的秋德兄每每带头端坐案头开始紧蹙眉头翻阅古典，版画家洪驯弟则每天都不停地在三层五层胶合板上涂抹彩墨拿着专用刻刀破坏木材资源，我呢，则有时真能写出几行墨迹，更多的时候却是一页一页、嘶啦嘶啦地撕去揉碎耗损着公家的稿纸。三位夫人都真的以为我们就是苦读三年而不窥园的董仲舒或者是正在忧国忧民的范仲淹，既不敢打扰，又无事可做，便打开窗户黑掉电灯而怕外面看见人影，暗自从办公楼的四楼往下俯瞰楼前公园里青年男女们谈情说爱的一举一动。于是，那段时日里三位夫人给各自丈夫讲述每天夜里公园里所发生的情事，便成了我们生活中最大的调料和乐趣。

也记得，1986 年，报社的办公地址还不在哈尔滨而在佳木斯，现报社总编辑张佑臣、副总编辑李春发那时也还都不是什么社长、总编、副总编，但他们两人或许是组织派遣也或许早有远见和预谋要未来接班主政，双双到了省宣传文教管理干部学院去脱产学习。其实我知道，按资历和知识，他们应该比当时讲课老师的水平还高，根本不需要再做什么专业进修，他们只是缺少文凭学历而不能适应那时提拔干部所要求的所谓知识化。那年 10 月我出差哈市，虽是公务，却也安排了看望佑臣、春发两位学子挚友苦熬度日的日程。那天，恰与前来探亲的春发的爱人林丽华在总局招待所相遇，于是相约同坐公交车到松花江边，再步行跨过江桥远征江北十几公里没有任何交通工具的干部学院。那时也真是年轻，那天刮着初冬飕飕的北风，林丽华还带着他们的宝贝儿子，本来说得好好的，说他一定能自己走到爸爸住处，结果不出二里地就哭天抹泪走不动了，我和小林只好倒换着背着他顶着刺脸的北风走了 20 多里。这倒不很重要，重要的是我们见面当晚的那顿白酒。记得春发不知是明知夜里重任有所保留还是酒量确实不能顶硬，他喝得少些，有七八两 60 度“五加白”，我与佑臣却都性情大发，每人分别灌了一斤半甚至还要更多。不知是佑臣、春发两兄的开发，还是我本来就有分泌酒精胰脂酶的潜质，反正我从那次以后无论何种场合的酒席上只要有人敢于叫阵，我就敢于血溅七步，拼个你死我活。

还记得，从克山一个农场业余通讯员干起，一直熬到社长、总编辑位子的胡玉森兄长，我们相熟于 1986 年全国首批新闻编辑记者考试晋升职称。1986 年时胡某还只是报社某部门的中层干部。报社对那次职称晋级很是重视，时任总编辑的张志仁是北京下乡的知识青年，见多识广，专门给具备考试资格的几位骨干放假一个多月专职复习。我与后来也是挚友的作家王左泓的编制属于文学杂志社，由于国家当时还没出台出版与作家系列的专业职称条例，便得到领导照顾允许我俩搭车行路一同参加新闻职称考试。那时干什么事情都极其认真，考试就更显庄严悲壮。

当时国家发了一本《全国新闻编辑、记者职称职务晋升考试复习大纲》，大约十几万字。我感觉，十几万字的东西有个三天五夜也就基本可以记牢了，可是报社社长张志仁却给考试的全员集体放假一个多月，还请专家讲课辅导，而且几位仁兄真是下了不少的功夫。李春发、孙成钰常常满脸严肃，满走廊不走直线地神游，口中念念有词像要道破什么咒语。张佑臣虽然每天表面嘻嘻哈哈说什么考好考坏无所谓，其实我已完全看透，他内心压力很大，很在乎这次考试，起码我知道他有着什么事情都不甘人后的本性。据他媳妇讲，别看他每天都来办公室装着画什么版样，其实在家简直就是“大爷”，油瓶子倒了都不扶上一把，一任苦读什么新闻概要、春秋战国，语言文学卷竟然考了个第一。这个第一不要紧，要紧的是众弟兄因为那阵子总复习可算知道世界上有个语言大师——莎士比亚，就玩笑起来戏称张佑臣“语言大师”，这话不说，更有甚者当时副总编辑程兆丰认真地找张佑臣谈了话，一本正经地说你怎么自称语言大师呢？你这么年轻可不能骄傲自满呀，云云。佑臣兄被弄得不知所措，一头雾水，怎么造得越解释越说不清，脸越抹越黑了呢。本来想借此吹吹牛、败败火的气焰没等着起来就被干灭了。徐国春善于独挑，总是孤守案头旁若无人地暗暗用功。秦士庆长于交流，常以交流学习心得并以向别人请教为名，总是言里话外流露出自己已经掌握了很多的知识。当时印象较深的是总编辑张志仁和后来做了广告部主任的徐广耀，前者是当时报社的最高领导，虽然打着每天要正常坐班审批稿件不能正常复习的幌子，但我常常见他办公桌上堆着一摞摞的稿件，全神贯注低头翻看的却是放在膝上的复习大纲。徐广耀比张总“傻帽儿”许多，他首先公开承认自己太笨，所以公开地坚持每天早晨四五点钟起床满公园地溜达背题，就像得了魔障，吃饭聊天都莫名其妙地时不时冒出“狗咬狗不是新闻”“哈姆雷特是个悲剧性人物”等让人苦笑不得的词句，真怕他一旦“中举”果真就成了范进。有时我想，人和人真的就是差异很大，每个人一生的定位或许早就天生注定。我所以将此事的由头从胡玉森老兄谈起，是我早就看出这位仁兄天生智商较高，想法也与我相同，完全没有必要使出全身解数。虽然他也十分重视那次考试，但更多的时间是聚众“拱猪”，把 54 张扑克牌玩得天花乱坠。考试结果自不必说，全体一致过关，但成绩较好的也是真正不太用功的几位。而人生的定位似乎也应验了我的判断：张志仁天生就是做官的料，作为知青返城后也仍然做官；胡玉森城府内敛并有聚众笼络之能，不久就接了志仁兄继任总编；佑臣兄有不落人后之志，又早有前瞻之策获取正规学历，目前报社伙号成为张记也属自然；春发老弟一直中规中矩，做事踏实，当了副总编；国春兄不善交际却长于固守，需要此类专业官员，后来做了党委宣传部的新闻官；需要感叹几句的是广耀老弟，他做新闻也许同我一样，纯属偶然，职称考试那阵子看他一天天瘦下来并透出海带已经老化般色泽的小脸，可我真的于心不忍。后来，他果然如鱼得水有了自己的出头之日，据说现在的他已经成了远近闻名的媒体经营实战教父和广告经营策划大师，每年给报社创收利润数百万，功不可没自然坐到了副总编的位置，还兼着广告部主任一职。

往事多多，难能逐一而述。况报社 30 年社庆来函说到，报人更迭已经三代。那么，屈指算来，我与报人哥们儿相知相处过的起码两代或者两代半以上。比如，吕正衡总编的宽厚练达，举重若轻，苏堤副总编和李兆基副总编的总是咬定死理和整日忙碌，以及很多晚辈后生的十分敬业，比如多年来我们一直兄妹般相处并且可以童言无忌谈起家常的纪红、黄娟小妹，也给我留下很多难以抹去的记忆。但总体确认并且已经不能改变的是，是《农垦日报》定位了我的一生，使我别无选择。不能忘，当我的一篇小说获了全国大奖时，是当时还是版面编辑的佑臣兄率先发了文稿，此稿后来也成了新华社通稿的蓝本；不能忘，谦和务实的吴继善副总编总是在第一时间里把他的作品构思与我沟通，他的报告文学集《通天时刻》出版后立即签赠送我，我虽三次搬家但仍然将其珍藏于书房的抢眼之处；不能忘，当时还在佳木斯时报社借调的赵庆忠同志利用两个夜晚，给我画了一张铅笔画像，而这张画像是我平生第一次把自己的人形帖到纸上；不能忘，2001 年全国第一个记者节庆典那天，我已经是广播电视局局长，我们局（台）与报社同台举办联欢晚会并同席饮酒，并且我们局（台）4 位局台长与报社 4 位总编辑同台自编自演一个小品节目，结果，兄长老胡善于调侃的本性始终难改，就在我们两家单位数百名员工属下的众目睽睽之下，竟还整出了一个黄色段子。

有本曾经一度流行的书叫《往事不能如烟》。我想说，我所经历的与《农垦日报》有关的所有往事和所结识过的几代报人，都如诗如画如碑文如志铭般地镌刻在我灵魂涅槃之巅。那些往事，有如永远鲜活的生命一样，将永远萌芽着，胎动着，生产着，替代着，延续着。那些难忘的报人群体，也是一群有血性、有情怀、有追求、有建树、重友谊、多情感的群体，只因为，他们都是好人。所以，无论我们走到哪里，不论生前还是死后，都不需过多地相互询问行程和归期，也无须留下 QQ 号码和手机电话，只因为，我们一直都在同一个 LOGO 里进进出出……

感怀逝去的九个瞬间

题记：

不懂男女情事之前，经常裹着被子睡；结婚后，有时搂着女人睡。所以我就想，男人睡觉为什么要有个抓手或依附才能睡得安稳。

我们曾经年轻过，可谁又老过呢。

小时候，盼长大；长大了，盼老成；年近甲子了，又开始嫉羡年轻一代和感怀儿时和青少年时的往事。

羡慕年轻一代是惋惜自己生之过早，许多生活乐事已经无心无力再去享受或者再去搏击。我们的童年、少年、青年、中年时代，没能赶上如今可以尽情灯红酒绿和接受更加良好的教育干一番更大事业的如此壮哉的年代。大约，这是人生旅途中无法逃避的一个必然阶段。

感怀青葱岁月，或许是廉颇老矣的缘故。人，也许越是老去越是感怀曾经有过和已经失去的九个瞬间。

钩沉往事，感慨油然，缘起是我一个现今也已年近五十的儿时的发小有了情人小三儿引起的。

他的故事与现今流行的跟风电影和发生在现实中一些男女偷情演绎出的故事一样，也是遭遇激情，见好不收，继续缠绵，故事高潮时必然后院起火，老婆大闹，舆论大哗，小三儿退避，最后以给了熟悉他们的人民群众提供一些茶余饭后的谈资而告终。

当时，我问他，你说实话，这样做很有意思吗？他答，当时很有意思，几乎是忘乎所以，彼此烈火干柴，简直像久盼甘露的禾苗。现在看，嗨，也就是那么点B事儿。仔细一想，女人的基本构造其实是大同小异，区别也就是临场表现不同而已。那又怎么样？事后一想，荷尔蒙驱动下的寻求感官刺激总是得不偿失，没劲！

我怔怔地望着他，无言以对。

后来，偶然一个场所，遇到了他情人小B。出于好奇，出于同情，也出于对她只鳞片爪的了解，就有一搭无一搭地安慰了她几句无论遇到什么挫折打击都要保持良好心态之类的连我自己都知道这是无关痛痒的屁话。不想，她却敞开话题，大发了一通感慨。

因此知道了她既不是那种常常被人诟病的普通小三儿，更不是才疏学浅、胸无志向的市井女子，也没有那种大多女人或多或少都有的自私和贪婪。可是，即使就是真爱，那又怎样？

在如今这个物欲横流的社会里，几乎人人都在张开血盆大口，寻觅着可以果腹的食物，先知经验和理论自然没有了市场，诸多人生哲理也已被愚昧无知所替代、所抛弃，或者，已经忘却。

她说，真爱与婚姻无涉，却与婚姻密切相关。其实你知道，他有家室有孩子，他每月薪水五千多，我不算奖金也要每年拿到三十多万，我只追求和希冀人生还有那么一点点真爱，这个可以有，但是真没有。我们都不是三岁孩子，也什么都懂，我的错误同你们这些臭男人一样，总是在不断地犯同一种错误，错就错在总是把幻想当成理想，把虚伪当作真实，高估自己的强大，漠视社会的渺小，结果必然就是螳臂当车，蚂蚁撼树。作为男人，拥有一个或多个或漂亮或不漂亮的情人，是永远乐此不疲、梦寐以求的梦想。可是女人呢，她将以遭遇爱情的名义，以自毁快乐的方式，以她身心的痛楚和世俗耻笑为代价，去换取男人或二分之一或三分之一或更少的所谓真情。这就是女人的可悲。其实，偷情本身并不可怕，可怕的是偷情的快感过后，爱情圣火点燃的不仅是男人的雄性荷尔蒙，还可能随时烧掉男人的所有。这是男人女人都懂的道理，可男女们不懂的是，每当人云亦云的时候，他们不知道如何判断自己行为的错对，或者明知不对也难以自控自制。爱情是自私的，世俗的偏见和强大的体制桎梏虽然正在衰退，却没有真正死亡。对此，我们也懂，可是当男人终于用上半身和下半身占有情人的时候，作用力与反作用力当然不会放过纵火的嫌犯。于是，残酷的战争势必在情人和妻子之间爆发，而战事结果闭上眼睛也能想象得出：其中一个智勇双全的女人将获得表面看起来的胜利，而事实上主角们个个都已鲜血淋漓，三败俱伤。在爱情故事中，从不曾有过胜出的王者。我们三个主演的身边或背后，只能看到“爱情”这两个字飘浮在空气里阴森森地冷笑。于是，我突然明白了世俗与文明之争还会持续下去，每个人都会不可推卸地继续在这场战争中扮演着不同角色。因此，现在的我总是在想，我能不能比别人少一分狡诈，多一分洞悉世态的精明。精明地懂得如何精打细算，精明地懂得如何利弊权衡，精明地懂得如何施展魅力，精明地懂得如何装扮幸福。我今后也要做到，要比多数人多些善待自己的爱心，而且不要过于贪婪。这个世界最不能容忍的大约就是贪婪。保持良好的体形，保持良好的心态，最重要的是有一颗爱心，懂得珍惜别人，懂得善待自己——

我想打断她的话，我想对她说，如今的很多女人已经淡忘了贤淑二字。也想对她说，感情可以补救，爱情却不能补考，假如能够补考，谁也不会再犯抄袭的错误。还想对她说，每个人的人格总是对立的，矛盾的，纠结的，绝不会有完美的统一。还想对她说，人有时就是这样，聪明一世，糊涂一时，聪明反被聪明误……

可是，终于没能说得出口。因为，当我就要说这些话的时候突然觉得，人的某些天真、淳朴和幼稚，也许就是装扮这个世界最完美的最后的完美。因为人生往往如此，我们在为昨天的幼稚而懊悔时，恰恰说明我们还没长大。假如我们可以永远幼稚下去，今天的我们与昨天的我们没什么两样，我们就已经停止了成长。成长，其实就是人生最大的敌人，也是必须付出代价的一段人生旅程。我们行路的过程中总会不断地捡拾和舍弃，只有走到生命尽头时，你才会发现，原来我们所捡拾到的和已经丢弃的都是同样的东西。那就是记忆。

记忆的累积是经历，经历多了就是成长，成长的结果是成熟。成熟了，有时也会像苹果一样自然落地，腐烂变坏。

因此说，成长有时也是罪恶，对于成熟的破解与解读也有着多种结论。其中一种误解就是从容，从容又常常被化解为麻木，换言之，就是少有同情而心肠被某种罪恶侵蚀得更加坚硬。比如同情弱者，这是人类与生俱来的美德。可是当我们真的能够从容面对街上林林总总的“碰瓷儿”和讹诈时，从容面对街头形形色色的乞丐时，我们所谓的同情心也就慢慢地丢失了，熄灭了，成熟外衣里包裹的从容也就变异成了麻木和冷漠。

记得一个温暖阳光照耀得心暖融融的冬日下午，我和几个朋友围坐在公园里聊天，突然从拐角处冒出一个老年乞丐，我没有听清满口外地口音的他说了些什么，只瞧见了他的泪流满面，满脸的泪水被太阳照射得光芒四射。我正不知所措，老乞丐突然双膝一弯跪倒在我们的面前，下意识地我立刻冲上前去把他搀扶起来，并从包里掏出几十元钱塞给他。他顿时泪流如瀑，不停地说着一些让人难懂的方言。之后，乞丐走后，所有的朋友都说我被骗了，说现在的乞丐大多都是资产阶级，妻妾成群，他们说着我在听着，最后连我自己都彻底相信了我是一个可怜愚蠢的上当者、受骗者，心底固有的同情心也被愤怒所代替。

后来，我把这件事说给母亲，母亲说，不管那个乞丐是不是真的遭遇了不幸，只要他伸出乞讨的双手，他心理上就已经完全是个乞丐了。再者说，你若真的眼睁睁地看着一位老人流泪跪你前面而无动于衷，你的内心即使坚硬得是块石头，也将久久不得安宁，所以你给他钱一方面是给了他社会力量，同时也救赎了自己。

母亲的话让我宽慰，也让我沉思，如果那个老年乞丐只是流泪而不是双膝跪下，我还能给他钱吗？于是，此后，不知何时开始，我已经慢慢变得能够从容面对别人的眼泪而无动于衷了。

此时的我，只能在心底里默默地埋葬着我的成长与成熟。

成熟，淡定，从容，同情，如此。那么惊喜呢？

很久以来，我已经不知道有多长时间没有咀嚼品尝到心灵中还有一种被叫作惊喜的滋味了。

小时候，在我童年、少年、青年、壮年的成长中，曾经有过无数惊喜。考试中榜会惊喜，为官及第会惊喜，收到情书会惊喜，朋友有了意中人或举行婚礼也会惊喜。对于惊喜的诠释，在我熟悉的画面里，莫过于突然造访的好友敲门站在你家门口跟你说：“嗨，咱们整点儿。”然后你看到他手里拎着一瓶鲜见的老酒和少许花生米走进家门。现在呢，在这匆忙而又充斥着种种欲望的浊流里，早已没有了这种惊喜存在的空间。过去，谁给隔壁街坊或对门邻居送去一碗刚炒的咸菜，或者几个刚刚出锅的饺子，那是人与人之间的真情表达和传递。现在，如果有谁突然来这么一下，得到的多是闭门羹或者主客之间的互相猜忌与尴尬，然后就是不着边际地想象着对方或有什么图谋与亏欠。最终，很可能演变成报警拨打 110。

从前，常把朋友妻子的怀孕当作惊喜，可是现在，朋友们会唉声叹气地对你说，生个孩子让他大学毕业到他找到工作，需要百万以上 RMB 的支出。然后，他就会没日没夜，把有限的生命投入到无限的赚钱工作中去，几年都见不上一面，这时的你，还会再有惊喜么？

此前的我也常把送给别人礼物让别人惊喜或突然收到别人的礼物当成惊喜，可是当下社会的严酷现实几乎时时刻刻都在教育我们天上不会掉下馅饼，天下没有免费的午餐。朋友已经变成利益的代名词，关系和人脉也已经被生产力这个词汇所取代，所以我不敢让自己随便惊喜，更不敢轻易地让别人惊喜。我只会不自觉地怀疑着这是惊喜还是惊扰，生怕朋友误解自己送去礼物的图谋不轨和猜测别人送来礼物的不良用意。

时代的变异，已经让我们的成熟深谙了事出有因、无利不起早这些老话的哲学道理，也扭曲了人们相处中偶然性与必然性的逻辑关系。于是，偶然的惊喜一旦遭到必然性的利益质疑，道德就会缩水，品质也会减肥，互相信任更会消失得无影无踪。于是，社会的一切便都失去了神秘，一切的一切也都会在赤裸裸的新规则、潜规则的暗示下不再有什么惊喜。

谈到惊喜，不免想到冲动。

年少时的冲动，总是常常。提到冲动，总会让自己和别人想到年少轻狂一词。因此，你想成熟，也就意味着失去了冲动的理由。年轻时记忆深刻的一次冲动是性的冲动。

十七岁，高中体育课，见到女生们雪白丰腴的大腿、臀部和胸部，不免冲动，生殖器不免迅速勃起。那是人的最初的性觉醒和原始冲动，也是生理的自然冲动的觉醒。当时是当众的迅速勃起，无遮无拦无法抑制，很是雄壮。出于害羞，当时只能向老师请假去厕所慢慢消解。后来，走向社会参加工作后又有过很多次的心理冲动感情冲动。冲动地拼命工作，冲动地与上级与下属发生争执，冲动地加入各种党派社团组织和社会活动，冲动地恋爱结婚生子生女，冲动地做一些合法不合法的很多事情。后来，慢慢地，听到了老同志们不停的教诲，能干的不如能说的，会说的不如会做的，干活不由东、累死也无功，老同志们这类谆谆教诲，不得不启发你谨言慎行，同时也陆续在书中读到了老子、庄子、孔子的韬晦、中庸等一些格言，使得骨子里的血气方刚不得不渐渐泯灭；更此同时，民间传诵的一些小不忍则乱大谋，木秀于林风必摧之，病从口入、祸从口出等的一些警句，也着实让我看到了人心叵测，仕途险恶，商道诡谲，世态炎凉，让你感受到了社会中无处不在的狡诈丑恶与利益驱动，以及陷阱上面覆盖的蜜饯与鲜花，诱惑背后的阴谋与险恶，着实地令我一边冲动地生活工作一边深刻地检讨反省了前半生。

坎坎坷坷，波波折折，终于有一天，我突然发现自己正如一位伟人曾说过的，错误和挫折教训了我们，使我们变得更加聪明起来了。聪明之后的结果是，没了当年事业上的轰轰烈烈，没了具体工作中的风风火火，也没了生活生命里的朝气蓬勃。明知不对，少说为佳，事不关己，高高挂起，懒得进言，懒得争论，懒得进取，懒得离婚，懒得抛头露面，懒得寻找乐趣，多了懒惰，少了热情，多了圆滑世故，少了坦率真诚。后来，四十岁，当我突然发现自己什么都不想吃，吃什么都毫无味道，生活里的一切都已经如同嚼蜡，甚至生理机能都在退化老化的时候，便产生了决一死战的念头，使出了平生勇气，下定了视死如归的决心，结束了一次早已没了感情、爱情甚至亲情的婚姻，其结果自然是付出了惨痛代价，如今留给自己的只是视死如归的决心支撑着尚有余生的苟延残喘。

不过，后来娶了一位生于七十年代的妻子。本以为她小我接近二十几岁，本应该对未来的日子有个热气腾腾的向往或奔头，可是，她的循规蹈矩、四平八稳比我还要有过之而无不及，结婚五年之后，在我反复逼问之下她才说，我们这些出生于七十年代的人虽然年纪不算太大，但为了生存和更能让人信服，我们也不得不装着老气横秋，也只能被迫选择成熟而不敢选择年轻。几年前，我们“70后”也曾冲动地恋爱冲动地失恋冲动地失业然后再去冲动地就业，日子在不断地被再造着，翻新着，痛苦着，也快乐着。那时的生活才是真正的生活。可是逐渐地，我们所有的遭遇几乎都是碰壁，每天接收的信号也基本都是NO、NO、NO，世俗的一切，早已压扁和打垮了我们。比如爱情，我们早已不再冲动地陷入所谓真爱的包围圈，而是左瞧右瞧、瞻前顾后，警惕地审视着爱情周围而绝非爱情本身。以前，我爱了，爱了你，可是这爱却是一种很累人的爱，它已经没有了冲动地东奔西走寻找生活乐趣、亮点的热情，我倾注全部身心所要关注的也只能是安全、安定和安稳。

面对妻子一番感慨，当年如是，我必定会就此话题与她争论或者教诲一番。可是现在，已经没有了一丝一毫的参与这个话题的热情和欲望。这就是失去冲动而必然导致匮乏激情的麻木。

因为，我无法说清妻子的话是天真幼稚，还是一种扭曲的、无奈的、被迫的、多种压力下早已失去真正意义的成熟。况且，即使说清了，也许也是然并卵。

但我相信，妻子的话是真实的，诚挚的，坦率的。

潜意识里，我非常喜欢天真这个词汇。天真不是可笑，而是天性本真。一个人若能坚守本能里的一份天真，必定是人格的更加完美，其个人特性的外在表现也必然对他周边产生一种极具感召力、吸引力、黏合力的诱惑，尤其会产生异性之间致命的诱惑。可是，意识归意识，上一代老人总会想方设法让人生下来就像个老头儿，严酷的现实也总是让人莫衷一是、无所适从，假若你被人评价出一句你很天真，你必然会当即觉得自己幼稚可笑，有时会无地自容反省反思许久许久。因为，天真背后的潜台词必然就是幼稚可笑。所以，现今时代里，已经不再怕被人评价为幼稚的七八十岁的老人越来越儿童化，而天性本真的儿童、少年和害怕被人说成幼稚的年轻人，已经力戒避免或者不敢再有任何天真的举止言行。

“90 后”“00 后”们常常挂在嘴边的是，爱谁谁，爱啥啥，其实恰恰相反，一个人走夜路时高喊几声只能给自己壮胆。我至今不能明白，这是人类文明的进步，还是人群种族的异化退化。甚或，就连人类固有的感动别人和被人感动的词汇与情绪也在变异和流失。

感动。词典说，感动，是人类被外界事物触发的发自内心的一种情感。

古希腊哲人苏格拉底几百年前就已说过，我们生活里不是缺少感动的事情，而是我们缺少发现感动的眼睛和心灵。以前，总是容易被爱人亲人情人或朋友的一句话所感动，甚至仅仅一篇文章一部电影、电视剧的一段情节就会被感动得纵情大笑，放声大哭。现在呢，似乎所有的电影电视剧换来的只是观众的吐槽和嗤之以鼻，即便感动也只是心灵一瞬间微乎其微的那么微微一动。

以前，总是惧怕友人间送别的场面，害怕去火葬场殡仪馆里体验生离死别的场景，面对哪怕不是密友之间的暂别和离别，每每都会情不自禁地伤心泪流，难以自持。

时间一年一年地过去，暂别的朋友一拨一拨地来来去去，暂别与永别的场面一幕幕重演，感官业已疲劳，重复导致麻木。加之，大家平时都在忙着生存，忙着进步，忙着攀比，忙着成功和找钱，见面也越来越少，感情自然渐渐淡漠。即使朋友间有些小别或重逢场面，也已改成了推杯换盏，互通有无，酒席间固然少有了许多真挚和真情，已经不是怕流出很多的眼泪，而是生怕流出的眼泪不知是真是假。尤其是在送别逝者的时候，出于对生命的敬畏和与逝者生前的交往，每个人都该惺惺相惜深感悲戚，可是有时大家就是悲戚不出那种令人感动的场面，所以假哭的哀号只能令人更加不堪和恐怖。

有家电视台搞了个节目叫《感动中国》，有个朋友看了之后却说，假如中国能被真的感动，可能要到下个世纪。朋友此说确有商榷之处，但是在许多领导人为民工讨要工钱都被说成是作秀的今天，还有什么可以再去令你感动的呢。

你想感动领导，要有钱色交换；你想感动亲人，要有物质基础；你想感动朋友，也大多是为了谋权趋利。那么，在如今都想萌萌哒的拜金社会里，还有什么可以真正令人感动吗？

一个朋友说，她久居乡下的母亲是天底下最幸福的人，因为她的母亲很单纯，常常因为她养的母鸡下了一只蛋、偶然发现屋角泥土里长出一叶小草嫩芽、邻居家又生了一头牛犊而惊喜而感动。

也许，单纯的人是快乐的，也是幸福的，可是，我们为何总是羞于大声宣称我们就是单纯的人呢？慢慢的，一切都已经变得顺理成章、理所当然，我们眼里的所有付出和所有的所得都已经顺理成章、理所当然。因此，我们已经感动不再。

感动缺失了，幻想总该有吧？

然而，残酷的现实是，我们从小到大总是被长辈们经常告知，人，决不能总是活在幻想当中，因为幻想的世界太美好，而从幻想的世界走出时，心理的落差会令人难以承受。可是，我经历的具体实践是，有幻想能幻想的人才是快乐的，最起码在幻想的那一时刻或者那一瞬间是快乐的。记得以前睡觉之前总是幻想一下才能睡得踏实香甜，躺在床上美滋滋地想象我们中意的人和事，比如，幻想摸着你所喜爱的某个女子的肩背，那种感觉会奇妙无比；再比如，幻想自己进了中央政治局，被众人簇拥于高堂之上，指令恩典于百姓黎民，即使是做梦，也会十分美好。可是，近些年来，我却时常不自觉地下意识地打断自己幻想的翅膀，强迫自己每当有种欲望想要幻想怎样怎样时，自己或者会有另一个声音立即在说真是无聊，不可能的，别瞎想了。然后，郁闷地慢慢睡去。做的梦，自然也是稀奇古怪乱七八糟。而且随着年纪一天一天地增长，自己也越来越不敢向人提起自己的幻想，也越来越不敢再去幻想那些不着边际的任何幻想。

真实的世界告诉我，幻想不是用来实现的，它只是一只让你明天还能醒来叫早的鸡。

经常有人这样问我，活得累么？我说很累；又问活得苦么？我说很苦，很苦；还问最近忙么？我说总是很忙很忙。那你还有什么不满足的么？这时我便会口吃，半晌无法回答。

成名要趁早，赚钱要趁早，婚恋要趁早，买房买车、成家立业要趁早。趁早，就像我们浑身被捆绑的银行卡、支付宝、淘宝、QQ、去哪儿、油卡、电卡、各种网站登录等密密麻麻的密码、二维码一样，已经被现代科技所绑架，已经成为一部迫不得已必须不停运转的机器，整个人已经异化，完全忘记了生命中还有一种宝贵的情绪，叫满足。

满足与不满足总是相对的。

就我而言，从物质角度讲，我与弟弟盖一床被子长大，常常冬季里穿着露着脚趾的棉鞋踏雪滑冰，可现在住有大房行有小车，比上不足比下有余，可谓月进斗金，衣食无忧，应该满足。精神占有呢，家谱祖上都是平民百姓，我却自幼发奋，官至七品，且能著书立说，也算祖坟青气大放早已知足常乐了。由此看来，我是个极易满足的人。

我以为，欲望太多的人会很痛苦，要求简单的人才会容易满足。可是，如今很多人随着社会变异，诱惑增多，信仰缺失，道德缩水，私欲膨胀，人的欲望也越来越永无止境。看到听到的东西越多，自己想要得到的东西也就越多。站着想靠着，靠着想坐着，坐着想躺着，躺下就想眯着，眯着还会想有个异性陪伴，这就是人类的一种通病。这种通病的进一步演化，好的方面是不断地追求进取，而现实中人所固有的潜在本能中贪婪的本性却无法演化，活着活着就会逐渐变成一只不停寻找食物的狼，而人类比狼类可悲的是狼们懂得饥饱，而我们永不知足，爪下的山鸡还没吃完，双眼已盯住了前方的野兔。正如现今割吃韭菜割了一茬又出一茬的腐败贪官一样，抓了大的有小的，抓了小的有大的，大的还有更大的，越反越腐，屡抓不败。其实，无论是被抓正在被抓还是没被抓到或者不敢去抓的官员们，大多都是高学历，可以说他们都是学识渊博，满腹经纶，难道他们真的不懂即使你有广厦万千最终也是黄土一抔的道理么？难道他们不够珍惜苦熬半生得来的荣华福禄或者不屑于铁窗里感受苦度余生的痛苦么？肯定不是，或者大多不是。主观的故意与客观的污染，或许对于个案很难确定孰轻孰重，但有一点可以确定的是，官场与社会密不可分，官场中的潜规则与社会形态的演变常常令人无法抗拒。这种腐败，严格意义讲，是一种体制机制的腐败，更是一种意识形态的深层腐败。

人心不古，人心不足，是人类繁衍中劝进者的长久的悲哀。小富即安，知足常乐，则是某一阶段里劝降者某时某地的悲哀。因此，没有规矩，不成方圆，社会主义初级阶段的清贫，资本积累时期的物欲贪婪，社会形态的飘移不定和扑朔迷离，自然令很多人找不到把握自己的准则与尺度。也因此，即使我们知道，握着手中云雀而去追逐空中老鹰的人是悲哀的，最终结果也只能是手中的云雀也跟着飞走，而捕获了老鹰就不再去渴望得到云雀的人必定是人群里少数中的极少数。于此可以断定，所谓的道德必然失去可以自控的底线，知足者常乐与人心不足蛇吞象的行为把握也只不过是每个人偶尔的一念之差。

废墟中崛起的大厦和盛世浮起的灯红酒绿显而易见。时代进步中衍生痼疾所导致的某些退化也不可小视。社会的动荡，让我们焦虑不安。前行步履的匆匆忙忙，也让我们遗失了很多很多本能的美好。愚昧与文明的搏杀，令人无所适从；进步与退化的并行，也使我们阵痛常常。在北方一个霞光与浮云缭绕整个天际的清晨，我突然感怀不已，捕捉了以上思绪飘逸的几个瞬间。当我就要收笔这篇短文的时候，我也更加缅怀我们曾经拥有的许多满足，也更加缅怀正在各种无奈中与我们渐行渐远的真纯和快乐。视野之内的，只有人与人之间不再相互信任，人与人之间的相互伪装、猜忌、冷漠和算计。

这时候，刚刚牙牙学语的儿子对我说：爸爸，我饿了！

呵呵，附近的人

题记：

如果在母体里可以完成谈情说爱，很多人就不会来到这个世间受尽折磨……

操作着电子产品恋爱或做爱，已然成为当今一种时尚，不甘 OUT 的我，也在操作着微信坚持不懈地寻找着意中情人。

情人，暂时真心没有。有贼心，有贼力，也有些贼胆，只是囊中羞涩，缺少贼款和仅仅有过两次贼遇。

贼遇，是通过微信添加的微友。第一个是附近的人，第二个也是附近的人。当然，第一个和第二个是两个不同的女性。

第一个微友是大学老师，前卫，直率，是天王老子都爱谁谁、爱咋地咋地的那种。通过微信附近的人跟她结识之后就互相留了电话号码。次日傍晚，她就微信发来一条很有文采的私信。她说，水是山的故事，海是帆的故事，云是天的故事，你是我的故事，不知此后我是否成为你的故事。然后还说，今天一天，仅仅做了两件事情：呼吸和想你。饭呢，竟然忘吃了两顿呵呵。

微信虽然变得越来越长，差不多该叫长信或长篇通讯了，但拉伸变长了的微信，的的确确能够或虚拟或真实地表达出涉及个人隐私的思绪和感知。否则，手机制造商们为何拼命地不断扩大着微信容量和不断改进更加便捷的操作方式呢？我不知道你们接到这样一个女孩的这样一条动情微信会是什么反应，反正我是为之所动并动了真情。当天晚上，也就是我们微信相识的第二个晚上，就微信相约一起去了酒吧，喝了我平生第一次喝过的人头马。

常人看来，或是60后以前的我的观点看来，这个决定无疑是幼稚的、轻浮的和草率的。所以，这次虽然就这么决定了，当时也是怀揣小兔也是心不落地心存疑虑的。因此，见面第一句话就言不由衷地问她，你明明知道你还年轻，你的生活阅历还浅，你就不怕上当受骗受到伤害，就不怕被人拐卖了么，你？结果她说，什么叫伤害伤害什么呀你是真的不懂还是假的不懂可你必须记住所有的受骗上当所有的伤害被伤害都是双方的都是共同的瞧瞧你那小样吧你还想伤害我拐卖我我还巴不得让你伤害一把拐卖一把呢尼玛我能值多少银子啊我看肯定是卖不出什么好价的你想拐卖我你就不怕或者没有想到我还可以伤害你拐卖你呢吗哈哈哈，尼玛。

如今的网络时代，不知是时代的进步呢还是时代倒退，它不仅在彻底改变着人们的思维和观念，也在大幅度大踏步地潜移默化着我们沿袭了数十年数百年的语言逻辑和语言习惯。大概你们也都听出来了，这种说话方式和所说的内容基本都是网络上的语言惯式。

当时，我的传统语言系统立即贫血短路，顷刻哑口无言顷刻无言以对顷刻就被造得没了电了。

我的第一个微友似乎对一切都无所顾忌。直言快语，而且观念也很是大胆前卫。就在我们同去酒吧的次日晚上，我记得十分清楚，就是去酒吧的次日晚上，因为微信交流似乎约定俗成地一般都在晚上，所以次日晚上我又打开微信，先把“正人君子”的网名改成了“放荡”，结果很快吸引了众多附近的人，其中一个叫“水为你流”的女孩极度放肆。她在与我寒暄搭讪之后的聊天的过程中，竟然毫不忌讳地谈了她与一个男孩做爱的过程和细节。

她私信里说，我们一致认为越是危险的地方也就越安全。所以有一次做爱就选择了在学生下课后的教室里安营扎寨。我们先把前门锁死，再用圆规别住后门，然后我们来到教室前部。我的男友迫不及待地坐在桌子上，我劈开大腿对面坐在他的腿上。我们深情而不失淫荡地彼此凝望，之后便开始了最温柔的方式亲吻。我们唇枪舌剑，藤缠蛇绕，越来越动情的我们就像两部失控的暴走摩托，撒野般的驰骋在赤裸而原始的充满欲望的荒漠上，风卷狂沙，狼烟四起。我开始时只是用湿润的舌尖吻他的唇舌，而他，竟然啃咬我散发着体香的脖子和耳朵。他一边舔蹭厮磨，一边说我们要相爱到死。他说，你性感而不失优雅的闷骚和呻吟声就是我所吃过的最好的春药，说着就近乎于粗暴地一把扯下我白色内裤，然后像个从容优雅的中世纪骑士一样提着他那充血过度的家伙，先是在我洞口打转，打转，之后突然像法西斯似的残暴顶入，简直就是彻头彻底的强盗或侵略者。之后，便是双方歇斯底里刺刀见红般的一阵暴烈厮杀。我说，我们要共同建造一个场，我们就是伊甸园里偷吃禁果的亚当夏娃，我们就是桃花岛上疯狂做爱的郭靖黄蓉。我们扭缠为一体，互相撕咬暴虐着对方，我并愚蠢地认为假如就如此下去，我们就会永垂不朽。之后的 20 分钟里，教室后门被人敲过两次，再之后的 20 分钟之后，我们几乎同时达到了灵魂癫狂的顶点，他浓稠的精液射进我怒潮泛滥的体内，紧紧地抱着我，嘴唇贴在我的耳畔，牛喘着断断续续对我说我爱你，小 X 你还记得么我们一次次颠覆彼此的疯狂。你还记得吗？我爱你我爱你的亲昵之音不绝于耳。可是，后来，我们还是分手了。分手之后他还经常问我，在你和现在的男友做爱的时候，会想起我吗？你会小心翼翼而不被察觉地暗自流泪吗？你还记得我温暖柔软的嘴唇吗？……

女孩讲了这些之后反复问我为什么总是沉默总不答话，并且用一连串哈哈哈哈的文字告诉我：她，就是我们同去酒吧的那个女孩，那个微友。

这就是我第一个微友的狂放。呵呵，么么哒。

第一个微友直截了当，直奔主题。至于这主题包皮下还有哪些内脏和器官，我下面自然还要讲到。

第二个微友似乎要比第一个含蓄许多，但最终也没特别含蓄到哪去。含蓄、委婉这些词汇或许早已被这个社会遗忘。她，自然也是异性。微信聊天结识的或你想要结识的朋友，只要你不是心理变态不是同性恋者基本都是异性。第一个微友是个年轻的大学老师，第二个微友也是大学老师，只是第二个老师是曾经的老师，已经改行报考国家公务员并一举考中，直接当了政府机关的一个科长。科长姓李名婵娟。婵娟，啊不，李科长。我每次同网友第一次约会总是说话结结巴巴。李科长我说，你看，我的年纪，我可是大你 20 多岁，你看你看，你看咱们这样合适么？哈哈哈哈，你咋这样啊你看你那傻样你可逗死我了你，咱们怎么了咱们，你怎么就这点勇气啊你，你哪有作家风度作家的风采啊你咱们现在不就是普通的网友么咱们怎么了咱们，我的朋友都是二十几岁的同龄人我这次就是想结交一个有知识有品位有修养有风度成熟一点的男朋友可你微信里的妙语连珠风流倜傥怎么一点都不见了呢你，你。

她一连串网络语言表达方式的口语表述过后，笑脸突然一绷，声调也低了下来，你，你不是嫌我长得特恐龙特丑吧？

说完，用一种与她年龄不太相符的成熟和微带羞涩的表情像是质疑又像乞怜地望着我。

刚接触，我一直傻傻地听着。这丫头怎么这么疯啊，与微信聊天时感觉到的她差距巨大。微信里的她，语言深刻得近乎尖刻，表述问题，阐述道理，旁征博引，满腹经纶，字里行间都透发出一种青春气息、现代观念和传统规范糅在一起的模糊不清的成熟与稳重。大概，也许，这也是我决定与她见面的主要依据。可网络与现实的差别真是一种说不清的差别，网络就像一面折起来打了很多褶皱形成很多侧面的镜子或多棱镜子，可以看到一个人很多虚虚实实的赤裸，而现实里的真实交往却会让你裹上一层盔甲，无法面对许多的赤裸。比如，刚开始，她的一通哈哈哈啊啊就真的把我搞懵了。直到她乞怜地望了我一眼，然后又低下头，用一双修长白皙的手扭着自己的衣襟时，我才找回自己一点自信与尊严，才触摸到了与她继续谈话的一点感觉。这时，我也尽可能放松自己心态，假作随意和遮掩并非是别有用心地说，嗨，扯哪去了你，如果你再漂亮一点点，章子怡张曼玉都该下岗再就业说不定就去街头小铺儿卖苞米大茬子粥了。啊哈，你真的很幽默。她说，我哪有那么漂亮啊。显然，我的话给了她极大鼓励和自信，马上又恢复了嘻嘻哈哈的常态。

其实，无论她常态还是非常态，她都长得无可挑剔，确实是已经定了版型属于那种很漂亮的女性。其实平心而论，每一个上网聊天的网友相约相见，不论出于什么目的，都希望对方不是丑八怪，即使不能眼前一亮也能够英俊或漂亮。因此我及时吸取了约见上位网友时的经验教训，在相约见面之前，我微信网名就是“约个情人去 K 歌”，而且强烈要求看过了眼前这位李婵娟科长的照片。当然，这样做，绝不是说第一位网友很丑，第一位网友属于那种让你看不出哪里很美哪里很丑哪里不美哪里不丑，但又不是既不美也不丑很一般很没味道的那种需要你去细细品味才能发现一些微妙之处的那种耐看的女性。眼前这位却不同，她绝没有第一位网友暗藏在骨子里的那种忧郁，而是文静中时时刻刻都会情不自禁地泄露出那种诱人遐思让人浮想联翩的热情和奔放。与其说她漂亮，不如说是端庄。对，端庄这个词用于李婵娟的长相和气质可能更为合适。

她大学学的是历史专业，却自修了逻辑和文学，据我以往经验，人一旦接触和爱好了文学，很多事物都会无师自通。比如说蹦迪，她说她大学四年，连迪斯科音乐都没听过，一直在自残性扫荡性式的学习，虽未做到三年而不窥园，却长这么大从未去过歌厅舞厅。所以第一次见面，我说我们去 K 歌蹦迪斯科吧，她竟毫不犹豫地同意了。她说，很久以来就一直想尝一尝那是一种什么氛围。可是到了歌厅，我马上就想到了无师自通这个词。如果不是她舞蹈出来那些自己发挥的或老旧或新潮的与众不同的动作，你根本看不出来她是个新手。她乐感很好，节奏感很强，所有的动作都极其到位。一招一式，一甩一扭，一举手一探足，都恰到好处。加上她身材高挑苗条，身段曲线优美，因此全身的扭动处处都呈现出一种青春之美阴柔之美和整体的和谐。那天，歌厅大堂里有几个老外，大约是留学生，他们用英语、法语、拉丁语、阿拉伯语与她对话，你好，你真漂亮，我爱你好吗等等，但她只是一任的蹦跳，都不作答，都报以婉拒和谢意的一笑。我承认，我一直是个好色之徒。孔大圣人说，食色，性也，性即空也。吃饭和性交就如人要吃饭和睡觉一样，极其自然，无须大惊小怪，小题大做。空也，吃了也就吃了，睡了也就睡了，很快就会忘去。但我，无论在公众面前还是男女两人独处之时，都不是公开的好色之徒。不是我在男女问题上表现含蓄而更加阴险，而是我天生胆怯和过于看重对方的反应以及女人对我倾慕的程度。如果对方倾情于金钱，跪拜于权势，或怀有其他杂念，我宁愿不做。即使做了，其过程当中或过程完了之后也会顷刻产生并许久不能消除遭到打劫受人强暴或在自残自虐的情绪打击。我去K歌蹦迪，纯属娱乐，纯属消遣，纯粹是出于一种对于网络交友的神秘和想要揭穿这种神秘的强烈愿望驱使下的隐私行为，同时也纯属锻炼，纯属健身，纯属是进行一种特殊的躯体运动。是的，蹦迪是一种体力消耗强度很大或超强度的体能运动，对于一个四五十岁的中年人来说更是如此。这几年，尤其过了四十岁之后，我的肚子渐渐腐败渐渐凸起。所以我常说，反腐，要从肚子抓起，倡廉，要从嘴巴做起。我家是祖辈相传的瘦肉型。爸爸妈妈爷爷奶奶都是偏瘦型苗条型，虽不是仕宦之家，却也不是缺吃少穿营养不足，可就是都没有胖得起来。到了我这一辈，具体说是他们繁衍出了我，虽说祖坟青气大放，让我三十几岁就已经小有名气，但是近几年来只是总长脂肪和肚子，不涨薪酬不升职位，一米七几的身高都快120斤了。所以，抓紧生活的同时，我也在抓紧降脂增肌。

如果我晚生几年再年轻几岁该有多好。当李婵娟李科长拉住我的双手跳起什么“花步”时，我竟然未加思考就顺嘴嘟哝出了这么一句。是的，我承认，我总是恨我自己生不逢时，惆怅自己生之过早，错过了现在许多美好的最佳年龄，也常听同龄人同代人总在抱怨，如果现在30岁那该多好。那天晚上，我与李婵娟一起去K歌跳迪斯科那个晚上，我们聊得最多的就是这个话题。我说，我像你这个年纪的时候，那个年代别说是你能主动拉住我的手，而且我也巴不得你拉住或者让你拉住我的手，那时的我们即使脑子里有过想拉想摸哪个女孩儿手的一点点闪念，即使是神不知鬼不觉别人一点都不知道，我们自己也会几天几夜没完没了地自省自责地学毛选找差距发挥主观能动性改造主观世界树立正确的人生观价值观斗私批修狠斗私字一闪念灵魂深处爆发革命并且会主观主动自觉自愿地将功补过立功赎罪自己打倒推翻肃清铲除自己的资产阶级极其肮脏腐朽污秽没落不齿于人类狗屎堆的思想让其威风扫地再踏上一只脚遗臭万年永世不得翻身。我说这些，李婵娟像在听天方夜谭。她眼睛睁得大大的，而且说的不笑，听的也不笑，两个人都很严肃。甚至，她听到动情之处还为之动容，两只眼睛开始水汪汪亮晶晶的。我知道，那种水汪汪亮晶晶的东西一旦流淌下来就是眼泪。

难道你婚后就没有过红颜知己或者外遇么？她突然问我。我望着她眼里那些亮晶晶的东西，生怕它真的流了出来。许久，我才说，我还是给你讲讲我的初恋吧。

我说，我的初恋的故事现在讲出来，是个一点也不美丽而且是个非常悲壮的神话，可在那时，却是一个被各级领导大树特树为典型，而且被许多人津津乐道许久，充满喜剧色彩和非常戏剧的故事。

我说，我当时是汽车司机，她是汽车连的卫生员。卫生员你懂吧，卫生员不是清洁工打扫卫生的，相当于医生与护士之间的医护人员。那时，我虽然是个开车的，却酷爱读书，偶尔还在连队黑板报上发表一些打油诗什么的。哈哈，那时写诗纯属为了鼓舞自己和鼓舞大家的革命斗志。那时，我白天写晚上写，白天我在工作间隙里在封皮印着伟大领袖毛主席万万岁和为革命而死死得其所的日记本上写，晚上吹了熄灯号以后趴在冰冷的被窝里仍在那个日记本上写。我写，她看。当然别人也看。可别人大多是在白天看，她却总是晚上一个人悄悄地打着手电筒借着光亮看。

有一天，轮到我夜里十一点出哨。出哨就是站岗。那时苏修总往中国派遣特务。苏修你懂吧，苏修就是现在的俄罗斯那时还叫苏联。那时的苏联总往这边派遣特务，我们常常在夜里的子夜或后半夜紧急集合抓特务，总是抓不着，因此总是在抓，越是抓不着就越是要抓，因此也天天夜里放哨站岗。当时的汽车是重装备，重装备更要放哨站岗严加防范。站岗时发枪，苏式自动步枪，每人一支，每人一班，每人每班一个小时，每人每班每小时发三发子弹。发枪发子弹但不遇到真正的敌人不准打枪打子弹。这是命令。这事我是不是讲得罗嗦了？我就简单扼要地说吧。

那天，我刚刚上岗走到哨位上，就发现连队大食堂门前挂黑板报的地方有一束光亮。我当即卧倒，匍匐前进。这都是我们军训拉练时摸爬滚打练出来的军事动作，动作虽不规范但极其熟练。那是一个很冷很冷的冬日，你说那时的冬天咋就那么冷呢，现在不穿棉衣棉裤都可以过冬，那时就是穿皮袄皮裤都冷，站岗时眼睛睫毛都是厚厚的霜。我擦去眼睛睫毛的霜定睛一看，只有一个人，而且周边也没有其他人，所以我的胆子就壮了起来，我悄悄地站了起来，当然是枪使我的胆子壮起来，使我的身子站起来的。我记得当时我是猫着腰走着猫步接近目标的，那样子一定很像地雷战里的鬼子进村时的样子。走近了，其实现在想我说的走近了也要有一百多米。你可以想象出来，当时我只有十八岁，一个十八岁从未上过战场没经过战争洗礼锤炼的年轻人突然遇到敌情会是什么样子，即使天天写诗增强革命斗志也不可能在当时你死我活的紧急情况下大义凛然的。说时迟那时快，我当时哗啦一声拉动枪栓扣上扳机并大吼一声别动缴枪不杀。结果，静静夜空里清脆瘆人的枪栓扣动的巨响和变调变得肯定已经不是我的声音的那声兽皮猛然撕碎了一般残破的大吼却把我自己吓得几乎跳了起来。镇静半晌，我才怵怵地颤着声音问：口令！那天晚上的口令是“反帝反修”。我如果问口令，他就该回答反帝，并且再问回令，我再答反修。口令就是接头暗号，答对了，自己人，答不上或者答错了，就可以开枪开火格杀勿论。结果，她真的就没回答出来，结果我真的就对天鸣枪示警，结果实践证明我的理智在任何情况下都十分清醒，即使在遇到“敌人”时都不能格杀勿论还能对天鸣枪。结果，我的鸣枪引发了全连的紧急集合，我的鸣枪竟把她吓得颤抖着全身嘤嘤地哭个不停，也结果，当我发现抖成一团嘤嘤啼哭的是那个打着手电看我黑板诗的卫生员时，我竟鬼使神差地扔了自动步枪用军大氅将她包裹起来搂在了怀里，像父亲哄着孩子一样，而且当时肯定是极其和蔼可亲地喃喃细语着不哭啊不哭，并且，我竟魂不附体鬼使神差十分该死地用一只几乎冻僵了的糙手揉搓人家左侧的一团鼓鼓囊囊的乳房，而且连队办公楼上架着的两盏探照灯把我们俩完全暴露在如同白昼有如光天化日之下之后我才惊惧地罢手。

接下来，自然被连夜突审，并且惊动了上级机关，把我们俩分开分别隔离审讯。事到如今我也不知道那天夜里她是怎么说的口供，反正我是编了瞎话我说我敌情观念极其强烈，强烈得恨不能那个卫生员就是当天晚上刚看的电影《羊城暗哨》里的女特务，我就是抓住那个女特务的英雄侦察员。审讯我的那个挎着短枪的戴着眼镜的中年人问，据现场目击者称，你当时是在揉着人家的扎扎儿？我矢口否认没有啊，啊你想啊，当时黢黑得我根本就看不清她本来面目只能用一只手把她按住一只手用军大氅把她捆住。结果，第二天，我就知道了她将被惩处关三天禁闭，罪名是夜不归宿不按时就寝浪费了国家一颗子弹，而我的感人事迹清晨就见诸连队黑板，主标题是提高警惕保卫祖国，副标题是一颗子弹的故事。结果，她在被关禁闭的“狱”中给我写了我平生第一次接到的第一封情书。再结果，我竟然直到今天也不知道那封情书里到底写了些什么，我只是知道那是一封情书，因为我仅仅读了全信抬头称谓的“亲爱的”三个字就把这封信交到了连队指导员手里。后来，我很快就加入了中国共产党成为中国工人阶级先锋队的一员，后来，连队不再让我开汽车，我破格当了脱产的保卫干事，再后来，我虽然受命于连队党支部，但是确实是由我亲自主持了大批特批那个卫生员小资产阶级思想严重的批判会。

这时，歌厅包房里昏暗的烛光下，我发现对面静静坐着听着的李婵娟眼睛里那些亮晶晶的东西终于前赴后继地涌了出来。那东西果然就是眼泪。隔着不宽的桌面，我甚至嗅出了那眼泪是咸咸的味道，甚至感觉到了那眼泪是滚烫滚烫的。而且，所有泪滴的温度和味道都被包房里混浊的气体压得很低很低，它们几乎就像黏合剂一样紧贴着我裸露的肌肤和鼻翼。

这时李婵娟李科长说，后来呢？

我像突然被蜜蜂蜇了一样脸部肌肉猛然痉挛了一阵。我知道，她是在问她。我也知道，我已不忍心也不可能再不深深自责深深忏悔地再去揭开我心头那块已经历经岁月打磨凝结了厚厚一层茧子的疮疤。我只是呼吸急促，极其艰涩极其困难地似乎事不关己虚伪搪塞地淡淡地说，后来，我像坐了火箭一步步地在政界官场上升到了正处级，她，后来被下放基层农业连队做了炊事员，后来又做了喂十几口肥猪的饲养员，再后来我们都各自成了家，成了各自妻子丈夫的丈夫妻子和孩子的父亲母亲。

望着李婵娟陌生而怪异的神态和目光，我潜意识里竟突然有了一种想用手擦掉抹去她浮在脸颊两侧的泪痕的冲动。我枉活半生还从未给女人擦过眼泪。我想，她的面颊除了光泽四射，一定极富弹性而且是软软的，浮在她脸上的那些液体也一定是甜甜的暖暖的。

这时她说，请你认真回答我，你就说这件事不是你的错，也不是你们的悲剧，而是那个时代的荒唐。你说，你就说是，好么？

我却说，不。这件事完完全全是我的错。都是我不是人，是个混账、伪君子、王八蛋，地地道道、彻头彻尾的伪君子、王八蛋。

不！不许你这么说！她突然声音高了八度，你不能背着这么沉重包袱过一辈子，你还有几十年的好日子呢。再说了，假如，假如她后来的婚姻比你的现在还要幸福呢，那岂不是你白白自责了么？

不。不可能。我说，你不懂，你们这些年轻人永远不会懂的。

我靠！她突然说了粗话，并且忽地站了起来，顺手拿起桌上的面巾纸，边擦去脸上那些清晰的泪痕边发狠地说，做男人，你不配。做情人，你根本就没有资格！再见！

说完扬长而去。走了。

许久，伴着耳边迪斯科音乐强烈的重低音的轰鸣，我一个人傻傻地坐着，回味着当年往事，也回味着李婵娟对我义正词严的宣判。

这时，我的手机一通震颤，提示我收到了微信。

微信内容令我大骇。我的第一个微友也就是第一个我们曾经一起喝过人头马，次日夜晚向我讲述她与人做爱细节的那个女孩竟然患了不治之症。癌症。绝症。

那个微信很长，那个很长的微信里说，亲爱的，你是我的初恋也是我一生中唯一的一次恋爱。我给你讲述的所谓与人做爱的细节都是我的幻觉和想象。在当今生活重负和竞争挤压得几乎不能喘息没有缝隙的极其乏氧的年代里，一个情窦初开的女孩，在网络这个相对私密的空间里耽于想象地发挥吐露她的生理心理，想你一定能够理解和谅解。酒吧里那个晚上，我真的好想拉住你的手，让你紧紧握握我的手，可是我没有，你也没有。那天晚上我还想做一次女人，做一次真正去爱和被爱的女人，可是我没有，你也没有，我们都没有。妈妈说，妈妈一生最爱的那个人最懂爱情却永远也不会得到他真正想要得到的爱情。妈妈生前对我说，那个他是个好人，你一定要设法找到他。万万没有想到，那个他竟然就是你！神奇的网络竟然会戏剧化地把人间巧遇和看似不可能其实真的很可能的偶然和必然变得如此神奇。妈妈的话没错，你的的确确是个好人。我，就要走了，我爱这个世界，爱你，爱这个世界上的所有人们。我说过我会把我真实的名字告诉你。我不叫白雪。也不可能叫水为你流，那是网名。其实我的真名也叫白雪。雪白的白雪。飘舞的白雪很美丽，落地的白雪很纯洁。网络上让我飘舞，现实中让我纯洁。那个白雪是虚幻，也是真实。哥哥，我这样称呼你你不介意吧，妈妈说，她也曾这样称呼过你。妈妈留给我一封尘封的老信，信纸的横眉上印着据说是一个曾经的伟人的语录。那个伟人说，大海航行靠舵手，万物生长靠太阳，干革命靠的是毛泽东思想。妈妈的那封信，我已发到你电脑的电子邮箱里……

读到这条微信的那个夜晚，整夜未眠。

后来，不久，白雪就久别了人世。她患的是肺癌。

中医学很多病理书籍上都说，怒伤肝，恐伤肾，忧伤心，忧伤脾，思伤肺。白雪患的竟是肺癌。她，因何而患？

后来，一个夜深人静的夜晚，我怀着一种极其神圣的心境打开了我的电子邮箱，一直泪流不断地反复默读了那封经过电子扫描留存下来的印有“万物生长靠太阳”的纸面已经发黄，字迹已经模糊不清了的文字信笺。

那是一封检讨书。那是一个生理十分健全并正值青春花季的少女，在那样一个灵魂深处爆发革命的年代里写给党的支部委员会的深刻反省自己不该恋爱而该继续革命的发自肺腑的检讨书。

可我的感觉这是声讨。

再后来，由我发起，李婵娟科长等众多微信好友群起响应在微信里建了一个群，同时制作了 APP，群名域名叫白雪墓园。登录网址是：www.baixue.com.cn。

这个 APP 一直很火。每天都有数百的聊友。而且微信聊天的女性网友和网迷网虫都一律起一个名字：白雪。

白雪的名字按序排列。白雪 1 白雪 2 直至白雪 N。

而且，基本都聊一个话题：无关风花雪月。

按摩女与我足底按摩的故事

题记：

总想找个理由，把天堂与地狱的屏障打通，欢迎离家的游子常回去走走……

人与人距离很近，又很远。很近，是说一次偶然的相遇有时就是一生的所求；所谓很远，即使每天耳鬓厮磨也会像两条平行的铁轨，极目望去，看似相交，可你踟蹰前行时就会发现，两条轨迹却永远也无法扭结交汇在一起。

相距很遥远，都想去看看。

这是一个有关按摩女与按摩女衍生时代一个窝藏心底感怀多年的爱情故事。频频加快的生活节奏和无处不在的生存压力让我时时淡忘，却又不能彻底忘记而时时想起。

那是我国北方的一个冬天。一个无雪的冬天。北方的冬天一旦没有雪，所有的动物和静物就会灰蒙蒙的模糊不清，就会使自然和非自然的一切景物毫无生机和色彩。

那一年，经常莫名其妙地失眠。

那时，足底按摩一哄而起，幌子很多。足疗足浴，足底保健，有的干脆就叫足疗足浴保健按摩全套服务。全全全。

那天，街上见到一家“放松驿站”的店铺，一排霓虹灯显示的是足疗足浴保健按摩中药泡脚全身保健专业医师打理靓丽小姐服务等等。

那一时期，莫名地心累，见了放松二字就走了进去。

里面设计很典雅，装修也简洁素淡，尤其墙上粘贴的大幅女人丰乳肥臀的照片，只会让你想到男女之间的性而暂时忘却生活中的一切不幸。

店内音响播放着记不清是哪部电影里的插曲《老调重弹》，听起来哼哼唧唧，与店内环境氛围格格不入，不雅不俗，不伦不类。

这时，魔术般地突然鱼贯出七八名按摩女，一字排开，像等待喂食的幼鸟一样喳喳地叫着任我挑选。爱美之心人皆有之，可我天生不喜欢浓妆艳抹的妖冶，也不喜欢搔首弄姿的雕琢，更不喜欢过于夸张的挑逗以及所谓性感丰满的臃肿。于是，我在不十分中意的一字排开的按摩女中随意选了其貌略显出众的一位。结果，我们走进按摩室，我刚刚躺在床上，她竟然第一句话就问：先生，您需要“特服”么？我怔怔地看了她半晌，说：您还是为别的客人去特服吧。第二位第三位按摩女也不是按脚按我的足底，而是从脚背摸起，迅速地摸到了我的大腿根部并在那里反复揉搓。自然，只能辞退。待换到第四位时女老板给我亲自领来了一位从梳妆打扮举止做派或任何一个角度都绝对看不出是按摩女的女子。女老板的脸色让我读出了她面部表情后面的潜台词，我绝对不可以再三换人了，假如这个还不中意，只能换我自己立马走人，所以想到这类场所大多与性服务性交易有关，只要自己洁身自好或管住兜里的钱包，换人的问题只能仅此作罢。好在，这个按摩女的手始终没有离开我的足底，捋到腿部也局限于在足三里等穴位的点按。她一直就不言语，我倒按捺不住了，按摩的闲聊中得知，她叫小红。很俗的一个名字。当然，从事这种职业的女孩大都不会说出自己的真实姓名。就像历代烟花女子一样，每个人都有一个别名雅号。小红，大约就是她的雅号别名。

怎么叫了这么个通俗易懂的名字？我问。

名字也就是一个符号吧。她款款作答。说话不紧不慢，不卑不亢。随后又问，先生您总是失眠吧？

哦？她怎么会知道我的失眠？这句话倒是一下触到了我的痛处。长期的莫名的各种压力、长期的被责任所累和长期的事无巨细以及对所有事物的事必躬亲和拿得起放不下，加剧了我长期的失眠。她的回答和她的提问似乎拉近了我与她的心的距离。我禁不住睁开眯缝的双眼认真端详起她来。她二十五六岁的年纪，生就一副鹅蛋形的脸庞，身材适中，眉眼匀称，皮肤不黑不白，一只马尾辫儿随意地翘在脑后，淡妆，文静，职业性麻木的神态里透出几分羞涩，总的看，她是属于那种相貌平平，气质中却又有着许多让人寻味的某种神秘的那种女子。

女人对于男人有时就是这样，看似平淡之中有时也会发现她们局部的某一点的或是整体的让你揣测。我望着她，她也看了我一眼。这一眼，令我一动。她天生长着一双眼窝稍稍有些下陷的充满忧郁的眼睛。虽然这双眼睛不是很大很亮，显然是长期的少眠使她眼部四周的眼晕有些发暗，但我还是从她的眼神里读出了几许纯真几许沧桑和几许神秘。尤其是她微戚的双眉之间必定掩藏着某些秘密。于是，我们都有一搭无一搭也许都是怀着一种猎奇的心理继续攀谈起来。她言语不多，却很专注，说话时总是定定地望着对方。慢慢地，我们熟悉起来。慢慢地，她说话时总是慢慢地，她慢慢地给我揉搓着足底也慢慢地跟我搭讪。于是，说着，聊着，我就自然而然地产生了睡意，可以在她慢慢的话语中和轻轻的按摩中自然而然地睡去。

于是，此后，每当有了空余时间，也就常来请她按摩并与她聊天。每次来，都像她给我施了什么魔法，都可以使我安然入睡而且睡得十分踏实香甜。当然，最吸引我的，不仅仅是可以美美地睡上一觉，也隐隐约约掺杂着其他成分。

有一天，她为我按摩得极其认真，我也极其的配合，她的一双细腻柔软的手有序或无序地游走在我的脚掌的各个穴位，或点或敲，或揉或按，或轻或重，或停或走，牵动起了几乎是我身体内部所有的血液和细胞。这时，我突然感觉到，我体内本来固有的某些因子在复活，多年以来由于各种焦虑和烦恼而紊乱或已失去的兴奋与抑制功能在一点一点的复归。我也突然感觉到，男人，一个生理心理都十分健全的男人，无论你长到多大年龄，潜意识里的恋母情结永远存在，一旦条件许可，环境适宜，就会觉醒。

后来，一个偶然的机会她那天不在，她的同事小兰告诉我，小红同大多数做这种职业的女孩一样，也是个农村女孩，所不同的是，小红正在医学院读书，是一位很出色的医学研究生，正在攻取硕士学位。小红处了一个男友，已经同居，她的男友也是医学研究生，俩人的家都很贫穷，都是农村的，俩人的家都拿不出足够的学习与生活费用供养他们读书，所以他们两个人都以课余时间勤工俭学补贴费用的不足。小红学的是中医，不仅懂得很多的望闻切问等中医方面的常识，对于脉络经络穴位等按摩方面所必需的知识更是精通。所以，不仅按摩店的老板很器重她，这里做按摩的姐妹们的按摩技艺的提高也都大大受益于她。老板几次提出给她加薪并且额外奖励，但每次额外的奖励她都坚决不要。她说，我只是个打工的，你能收留我，我已经感谢了，我所付出的已经有了相应的回报，额外的薪金我不会收。钱这个东西，生也带不来，死也带不去，没有它不行，多了也没用。说得极其自然、质朴和真实，话语间透出她做人的品格与骨气。

后来，我和小红自然而然成了患者与医生之间的那种可以宽泛交流的很知心的要好朋友。

再后来，似乎有些喜欢上了她。喜欢她的静谧，喜欢她的忧郁，喜欢她的柔弱，喜欢她的不卑不亢不紧不慢，以及她的一切似乎都会让你为之所动又会让你潜意识里抑制着绝对不可以有所妄动。尤其，格外喜欢她的手。她的手，冷眼看去，大约很多女孩都有着这样的一双手，但你仔细观察仔细品味，就会发现她手的与众不同。这双手不仅白皙、纤长、细嫩、柔软，还有着让你想说说不清想道道不明想摸不敢摸，不说不想不摸却又潜意识里有种时时冲动着你不得不去说去想去摸的那种感觉和渴望。当然，这种冲动绝不能排除男女之间性的成分性的因素，但我每每有了这种冲动的感觉和渴望的时候又总是虚伪地以情在先性在后的伦理观念做着自我安慰。虽然虚伪，却也真实。时间久了，我们之间自然是我主动与她拉近的距离以及我对她的情感起码在我的内心里真真实实地在发生着某些化学性的反应和变化。

男人亲近女色，女人取悦男性，似乎是铁定不变的血酬定律。性之所然，本能所至，却总是隔着一层道德与伦理的屏障。此时此地，我真切地感觉到了对此的极其厌恶。因为，我确实总是无法逾越这道屏障。这道屏障就是她已许身的那个他。那时，为了了解她与他，我也主动地熟悉了这个店里的其他按摩女。这些按摩女也给我讲述了许多关乎于他与她的故事。他很爱她。或者说爱得极其深切。每天无论她工作到多晚，他都会来接她。她的身材很高，他的个子很矮，所以，每逢下雨天他打着雨伞来接她，总是踮起脚尖把雨伞举得高高的，虽然看得出他很吃力，样子也很滑稽可笑，但他全然不顾，一如既往。听到这些，我当时的感觉酸酸的，只有嫉妒而没有其他。

再后来，突然有一天，我看到了她们所说的那一幕。那天下雨，雨下得不大，只是淅淅沥沥。那天，我感觉小红的按摩相当乏力。穴位选择虽然一直很对，但按下去像是在抚摩而不是在点按。而且，细密的汗珠不断涌出她的额头，而且按着按着几乎变成了抚摸。我问她，你病了，不舒服么。她轻轻摇头，说，没有，可能是这几天功课太多没有很好休息的缘故吧。

那天，我破例没有睡着。匆匆主动结束了按摩。结束后我故意逗留了一会，想等着小红出来下班。果然，等我从按摩店出来的时候看到了她的男友在等着她。他果然矮矮的个子，眼镜片上滴着雨点站在淅淅沥沥的雨中，高高地举着雨伞。小红就紧挨着他站在他高举的伞下。我隐隐约约听到他们在争执什么问题。他说，你真的就这么毅然决然啊，不能不这样么？语气像在恳求。她的语气却十分坚定，她说，不，别争了，我决定的事情就是要做到底。好了，我们走吧。于是，她挽起他的一只手臂，两人很快消失在蒙蒙雨中。

那天，我有些怅然。后来，更使我迷茫。从那天开始，我再也没有见到小红。茫茫人海，有的相知，有的相识，有的相识而不相知，有的却相知而不相识。我和小红属于哪一类呢，我不得而知。忙忙碌碌的工作责任，纷繁复杂的生活压力，令我无暇再去求证。只是，在没有见到她的那些日子里，我常常失眠，也常常感觉到茫然若失。

后来，次年的清明节，母亲早亡，我去扫墓。

北方的清明，总是在春暖乍寒的季节到来，而且每年清明节那天常常是细雨蒙蒙，似乎苍天也在如期地祭悼那些虽然死去却不能心安的亡灵。在蒙蒙的细雨之中，我为母亲送去了纸钱，敬献了鲜花，当我俯首三叩之后就要离开时，突然发现了小红的那个男友开着一辆崭新的奥迪牌轿车，并从车里扶下了两位老人，慢慢走向了一个围满了纸鹤的墓穴。由于好奇，我也跟在他们身后，看着他们扫墓。当我惊奇地发现那个墓穴墓碑的照片就是小红时，我立刻震惊了。

后来，小红的男友为我讲了他们的故事——

小时候，他和小红青梅竹马，他们一起读完小学、中学之后，又相约一起考上了大学。两个人家里同样的贫穷让他们内心一直相通。他们都暗暗发誓，一定要摆脱贫困改变命运。刚刚懂事的时候，他们就已萌生了恋情。那时，他们一边打工一边完成学业，也同时享受着爱情的甜蜜。日子虽然清苦，却十分幸福。记得初恋同居的那一夜，小红给了他一个女孩极其宝贵的贞操之后，他格外兴奋，连夜为她折了一千只的纸鹤，挂满她整个宿舍的房间。他说，这一千只纸鹤，代表我一千份的真诚和爱意。后来，她渐渐疏远了他。终于有一天，他们要分手了。她说，我结识了一个富二代，他要把我带去法国，我要跟他结婚。她还说，婚姻对女人来说，就是第二次投胎。我们必须正视现实，我不能丧失这次机会。你太穷，我不能想象我们结合之后那些贫穷的日子，所以，你应该理解。

没过几天，她果然放弃了学业，毅然去了法国，并且在临别时把她一个月打工按摩的3000元工资全部给了他。此后，他毕业了，可他从毕业的那天起也就失业了。他卖过报纸，当过家教，做过小本生意，他一直没有忘记小红临别时刺激他嫌他太穷的话。一年过去了，他终于有了自己的公司。他有钱了，可他一直不能在心中彻底抹去对小红的记忆。特别是每逢下雨，他仍然习惯性地总是把雨伞举得高高的，仿佛小红就在身边。有一天，也是下雨，他从黑色轿车里看到一对老人在前面慢慢地走着，他突然认出那就是小红的父亲母亲。于是，他就在他们后面慢慢地跟着他们。

他要告诉他们并且通过他们告诉小红，他如今不仅有了钱，有了自己的轿车、别墅和公司，他也由一个穷光蛋变成了中产阶级。那天，雨一直不停地下着，尽管两个老人也打着雨伞，可还是被淋湿了衣衫。他们到了目的地，也就是这片墓地。他在墓碑的瓷像里又一次看到了小红。小红在对他甜甜地笑着。小小墓旁架起的铁丝上挂着一串串的千纸鹤。小红的父母告诉他，小红没有去巴黎，小红长期营养不良患了不治之症，小红去了天堂。小红临终时说，希望她的男友能够出人头地，能有一个温暖的家，她说她了解他，认为他一定能够成功的。小红还说，假如我是一把雨伞，假如我不能为别人遮风挡雨，别人凭什么要把我举得高高。我就是那把被别人举着的雨伞，我累了，举我的人也累了，如果有一天谁能到墓地来看她，请他无论如何带来几只千纸鹤……

当小红的男友把故事讲完，挂满了纸鹤的小红墓穴的现场又围过来许多给其他亡灵扫墓的人。在场听到这个故事的人都已泪流满面。是啊，假如你是一把雨伞，假如你不能为别人遮挡风雨，别人凭什么要把你举得高高？

记得一位不太知名的人说过一段很知名的话：每个人活着都会有自己追求的目标，这个目标常常被称作理想；而理想与现实却常常存在很大的差距，弥补这段差距的东西只有人的本质里的某种欲望而不会有其他。

后来，我逐渐懂得了一个道理：相识一个人，有时可能不用一分钟的时间，可是你要忘却，也许就要花去一生的时间。每每想起小红，想起这段我与按摩女接触的往事，只是模模糊糊地记得我那时突然对某个女人产生的肉欲而没有其他。即使小红关于自己是把雨伞的经典遗言也渐渐淡忘。淡忘不是完全忘却，而我每每脑际闪念之时，既痛恨自己，也从骨子里更加喜欢更加痛恨如今灯红酒绿人欲横流直奔小康时代骤然泛起的许多许多的罪恶。也从此，我再也没有做过足底按摩……

婚姻真的不是长期卖淫

题记：

真爱的美妙存在于走出坟墓的偷吻，前提是必须把 0.285 克或 21 克重量的灵魂固化成肉体。

她的房子是个盒子。

房间不大，却很精致。房舍琉檐飞瓦，雕梁画栋，庄严肃穆，典雅颖异。打开快递邮件的三合板箱体，剥离多层胶带，掀去纸箱内大红绸缎，就露出了里面的盒子。手指突然发颤，透视薄纱，竟是一个人在另一世界的居所。

盒里，一件深红色的乳罩，一缕女人染过的发丝，还有厚厚一叠精心打印的白纸黑字的信笺。没有骨灰。

净手。焚香。点燃蜡烛。在她遗像浅浅淡淡的微笑里，我开始阅览信笺上的文字……

01

相比物欲笼罩下的婚姻越来越像长期卖淫的今天，那时的我们还都坚守着一种底线。那时的我，总是喜欢跟你嗲声嗲气。你总是说，公司里鱼龙混杂，人言可畏，你别太调皮。

记得那天老板按月放粮，我们女生起哄，嚷着 AA 制去吃澳门豆捞。席间，人称老道的也夫谈起本市女诗人小 B 的行为艺术又有新创意，她在城内最大的海德广场一颗千年老树的顶端搭起了一个“鸟巢”，声称要在高达十余米的鸟巢上面生活一个月，吃喝拉撒都将在 2 米×2 米的鸟巢里面，并且睡觉时将会全裸体面对大众。小 B 还称，她只携带被褥、手电、水、食物等最基本的生活用品，除非身体出现特别的病理现象，一个月期间决不会走出鸟巢。不待也夫说完，大家就已经七嘴八舌，浪笑一团。可我，乘机在你的左脸上狠狠亲了一口，小声说，你也随便在哪里搭个鸟穴吧，我想跟你在鸟穴里过夜做爱，让别人在下面驻足阅览，那才是真正的行为艺术。

当时，你紧张得要死。望住大家又端起你那可爱的大哥哥家长似的架子大声地说，该死的丫头，你总是这么调皮。

喜欢。喜欢你叫我丫头。

02

我已病入膏肓，可以无话不讲。

我不认为婚姻如同长期卖淫，也绝不是那种本性里就不能对一个男人或者一段婚姻完全忠实的女人。但是我也承认，我也确实坚定地认为，把一个成熟健康的男人和一个欲望健全的女人禁锢在所谓的婚姻框架里，让他们一辈子都死盯着对方，一直盯到谁也不想看见对方的脸，听见对方的声音都讨厌，一直耳鬓厮磨到两个人都懒得搭理对方，那才是真正的残酷。我不知道别人怎么想，也许很多人会觉得我是一个坏女人，但我自己决不这样认为。尤其在当今钱在主宰整个世界的社会背景下，我从来就没拿钱说过事儿。不错，我有过一夜情，但我从来没从根本上背叛婚姻、抛却家庭。每一夜过去，我还是回到我自己的家，回到那个有着自己丈夫的家里。不仅身体回来，我心也带着灵魂一起回来，一丁点都不留在外面，一丁点都没有留在外面的某个男人那里。所以，我坦然，也很理直气壮地认为我并没有伤害婚姻和婚姻里的对方。别人怎么说，怎么看，那不是我的事，我也不会顾及那么多。

03

那夜。夜的不眠。

我始终就有自恋情结。自恋我凝脂如膏的躯体和美妙曲线的波澜起伏。我想，所有的女人大约都会这样。可是，在我的印象里，男人从来就不会欣赏自己，他们只会像猎手一样地在每一个最新得到的女人面前去欣赏对方。那天夜里，做完一次之后他先睡了，可我却意犹未尽。我在欣赏我自己身体的优美曲线，我在自下而上轻轻抚摩自己的小腹直至乳峰乳头的同时，我也想到，我这辈子大概再也遇不到这样令我喜爱而又永远不会属于我的男人了。想到这儿，难免悲伤。我也自然想到了他早晚会离开我，去投入另一个女人或者很多女人的怀抱。这使我无奈而神伤地下意识地搂紧了他。睡梦中的他貌似感觉到了我的拥抱，竟然孩子一样把脸深深偎在我胸口双乳之间。那种温暖和帖服使我心底蓦然一动，母爱释放的油然，竟使我泪水洇湿了枕头。就这样，我和他久久依偎着，慢慢地朦胧恍惚起来。突然，他在我的怀里挣扎一下，并低声痛哭起来。他的哭态令我心疼。可我不问。我知道他为什么要哭，我不能去问，我能做的只能是不停地吸吮和吻去他不停流下的泪水。同时，我也确认我终于拥有了一个不是我老公的另一个男人。那晚，我们上下左右仰俯起卧，几乎搏杀了一夜。拂晓的最后一次，他差不多整整折腾了一个小时，终于倦极而眠。可我却怎么也睡不着了。

时针已经指向凌晨五点，这是激情之后最难熬的时分。屋子还黑，我扭亮台灯，柔和的灯光下，打量着我枕边的那个男人。我知道，凡是见过他的人都说他是十足的帅哥，尤其他那双总是含笑的眼睛有着所向披靡的魅力。可我从来就不喜欢他白天里那副正人君子的样子，而是从心底里喜欢他现在的这种安详熟睡的憨态。此时，他一定完全忘却了世间一切烦扰，安详得近乎于纯真圣洁。尤其当他梦里嘴角突然地抿嘴一笑或瞬间戚眉，突如其来的甜蜜和伤感就会让我不停地心跳，心醉，心碎。我又情不自禁轻轻地在他额头上吻了一下。睡梦中的他居然抬手拂了一下，好像不高兴我打扰了他的梦。我又好笑又好气又甜蜜。我偏偏要打扰他一下。于是，我开始轻轻抚摸他的身体，他那毫无瑕疵的锦缎也不能比拟的光滑手感的皮肤，简直让我怀疑这是不是男性的躯体。即使用“肤如凝脂”这种形容女孩子的词来形容他，似乎也不为过。而我知道，在这柔软之下，是那些分布匀称而又极富弹性的肯定要比女人多得多的来自于社会、事业、家庭、亲友、精神、物质等方面的承受多种压力责任的钢骨和肌肉，也有着缜密的却是绷得很紧的时时提防别人明枪暗箭伤害诋毁的敏感神经。

这个男人是你么？

04

一夜情并不可怕。

世间的一切其实都不可怕，可怕的只有我们自己。

成家的女人，包括有家的男人，似乎都很惧怕一夜情的话题。但是，据我的经验，几乎每个男女的骨子里或多或少或轻或重，都在期盼一夜情的发生和遭遇，只是大家都心照不宣。而已。

我的第一次一夜情发生在我 23 岁那年。

那时候，我在另一个公司做市场业务员。常常出差，漂移不定，赶上什么酒店就住什么酒店，赶上什么客户就谈什么客户，有的能谈成，有的谈不成，全看自己本事。凡做这一行的，很多公司都喜欢聘用女人，聘用年轻貌美的女人。理由简单明了，女人有女人的性别优势。特别是那些为了多提佣金而无度施展个人风骚与魅力的女人，她们对钱的欲望决定了她们所采取手段的无所不用其极。而且，大多数男人就是喜欢这一套。他们手中有一点权力，生意可以跟此人做也可以跟彼人做，所以他们就有了自己的特定选择。这时，生意已经不是纯粹的生意，江湖险恶也江湖泛舟，只要你不去介意，就可以风光无限。所以，一个年轻女人在外面奔波，既要保护自己的贞洁，又要充分利用自己的姿色得到业绩和财富。

我深知其中的痛苦与不甘。我一直觉得，女人迫不得已的选择，都是男人逼出来的结果。这个世界上的确有很多所谓很坏的女人，但是，假如非要在男女里面划分好坏，那么，在女人变坏之前，一定是有一个更坏的男人闯进了她的生活，并且一步步把她逼上了无法回头的绝境。我虽然对我的丈夫并不十分在意，但从我做上外勤业务这个行当开始，从来就没有为了钱财和其他利益对任何一个男人付出过我自己的贞节，这也是我至今引为自豪的。所以，在我发现丈夫有了外遇的那一刻，我也没有特别的愤怒。这也许是我并不特别爱他的缘故。

那天夜里，我出差回来，刚一接触他肌肤就有了想要的冲动。然而，在匆忙的前戏过程中，他所有动作的做作和不待勃起就已细汗全身的表现，凭着女人的敏感和夫妻的相熟，我立即明白了已经发生了什么。

后来，我们依然日子如常，一切照旧。由于最起码的生存条件就是要有个安居之所，加之我非常懂得，有了家的女人最最聪明的做法就是不要叫阵惩罚于男人的小节和必然是徒劳地去逼问男人外遇的某些细节，其结果只能是把他推到离你更远的彼岸。

然而，许久之后，我也遇到了同样的问题。

问题没有出在我在江湖的搏杀打拼，而是就在我的身边。

05

我天生喜爱行为艺术，除了参加各种行为艺术活动，也常去街头观看人体表演，所以十分注意每个人行为的细枝末节。

公司里，帅的形象真的很帅。帅 26 岁，不仅聪明伶俐，而且成熟刚毅，是我喜欢的那种类型。但是我也知道，帅已经有了女友，已经买房，就要领证结婚了，所以我在欣赏他的同时并没有非分之想。虽然我们私下关系挺好，哥们儿一样，可以无话不说，但是女人都是因爱而性，在双方尚未有意识地缩短欣赏与爱的差距之前，自然无性可言。

有一天，要下班了，他手机微信说请我吃饭。我和他家一个北城一个南城，吃完回家估计已经没有了交通工具，所以他说可以住在他家，而且保证不会碰我。虽然，现实生活中，我从不相信健康男人堆里会有坐怀不乱的柳下惠，但是由于平时关系很好，也就可以信任并且我也无意拒绝，而最主要的还是无论生理心理，我对他从来就不曾有过排斥。他说，他女朋友出差半个月了，晚上一直没有人和他说话，觉得很没有意思。我说，我的他也出差了，回家也是寂寞。他还说我们可以一起去逛街，然后再回家。我觉得也没什么，答应了他。所以逛完了街并在他家楼下吃完饭就去了他家。看电视到将近 11 点的时候，我们还认真地讨论了睡觉的问题。他家只有一张床一个被子，讨论的结果是我住床上他住沙发。临睡之前，虽然没有接触性类的话题，却也感觉到了一对青春男女同居一室的新奇。这倒是真的。大约晚上 1 点左右，一直没有睡熟的我发觉他蹑手蹑脚走进了我的房间，久久地立在我的床头，呼吸越来越加急促。当我受了感染的呼吸也越来越加急促，甚至自己都感觉到自己的胸脯都在大起大伏的时候，他轻轻地慢慢地渐渐地抱住了我。我默然地承受着，没有推却，也没有拒绝。他开始在黑暗中寻找并亲吻我的嘴唇，我没有迎送，也仍然没有拒绝。他热烈而动情地吻着我，我也顺从地用我尽可能顺从的舌头服从他的舌头在我口腔里任意摆布。一切都很自然，一切又都无言。但是，当他扑在我身上的一瞬又突然转过身去时，我也突然感觉到了自己心里的空落。然后，他快速下床疾步走出了我的房间。这时我也知道，他是在忍。此时的他，必然正徒劳而又竭尽全力地在用理智排斥着本能，在用世俗偏见排斥着真实情感。那时，我有一种渴望，也有一种直觉。直觉告诉我，他最终还会要我。就这样，果然，快到两点钟的时候，他果真来了，并且是已经脱光了裸体毫不犹豫地猛然压到我的身上，手忙脚乱地撕扯着脱去我所有的内衣外衣胸罩短裤，然后轻轻重重地吻遍了我的全身。我没有扭动，没有呻吟，只是呼吸越来越快。我也没有刻意控制自己的意志，有着几分清醒。当他就要进入的时候，我要求他能戴上 TT。他也戴了。之后，我们就开始做爱。做爱，陌生的爱就是新奇的性。新奇，大约就是满足男女心理生理需求的内核与全部。所以，我们做得相当完美。他戴的 TT 竟是带有无数颗粒的那种，所以抽插摩擦之间显然增加并使我享受了从没体验过的更加新鲜和刺激。之后，我们许久无言，也没有尴尬。无言是一种情境，没有尴尬也很重要，否则，两个人可能会很后悔。大约连续三次的云雨之后，我们才开始聊天。聊的不外是些其实真的互相喜欢很久只是一直没有表白之类的话题。我告诉帅，我怕我说出喜欢他的时候，以后每天在一起工作会很别扭。我还告诉他，他现在的女朋友也很优秀，挣钱比我多很多，而且已经互相见过父母都是认可了的。我说，爱情虽然不是建立在物质基础之上，但婚后的日子还是非常现实，你买东西即使少了人家一毛钱，人家也是不会卖给你。那天，帅的话也很多。他说，上学的时候，就是女孩子追求他，而他一直就是被动地被爱。即使和现在的女友单独在一起，也体会不到珍惜这两个字的含义，因为毕竟不是经过自己的努力才把对方追到手的。我没有对他说其实我也是这样被动的人，所以我们互相没有必要也不需要有什么承诺，甚至连互相喜欢都不需要说得很多。

次日早上，我们一起来公司上班。我觉得我们两个人跟平时没有什么两样，好像真的什么都没有发生。这样，也许最好。事前我就知道，他不可能给我什么，我也不可能需要他为我做些什么。我不想让他有丝毫内疚的感觉，所以，我尽量表现得什么也没有发生过一样。他刚刚还发信息给我，说昨天的一切就像做梦一样。我回短信，对啊，像梦。可是我想，假如我也能像他现在的女朋友那样能挣很多钱的话，也许我会与她竞争把帅抢过来的。只是，现在的我，说实话，经过了那天晚上的肉体亲密，只希望他以后的生活开心，我宁愿什么都不对他说出。

06

人之将死，其言也善。

我总是在想，究竟什么是现代人接受诱惑的底线？在你拥有了固定的比如婚姻一类的两性关系之后，在所谓的精神交往、从一而终和什么柏拉图早已不在的今天，你允许你自己所能接受、承受的异性诱惑的底线会受到哪个级别的限制？而你，又会允许你的另一半必须接受哪个等级的限制？

现代人中才貌俱佳的美女、才女林徽因的恋曲曾被传诵一时。金岳霖年轻时爱慕林徽因，后来林家小姐却嫁给了梁思成，此后的金岳霖遂竟童身相守始终不娶。必须真诚面对，金岳霖用他一生完成的真爱，当代人会认为只有已经变态的金岳霖能够付出。所以当下，男人对待女人普遍缺少真心和耐心，他们只会绞尽脑汁不停地盘点各类女人，断断不肯空杯对月，无花折枝。他们爱好女人，尤爱放荡不拘的女人。并不是说这类女人有多么值得去爱，而是比较廉价，容易得手，可以无需负责，可以信马由缰，最是痛快飞扬。男人喜欢女人，多少带点欺负的成分。由于她们的乐善好施，使她们无疑成了包容一切的垃圾筒。男人喜欢坏女人，本身就有寻找刺激的味道，家常菜天天吃难免生厌，酒楼里色香味俱全的无限吸引就是满汉全席。

但是，男人也有钱包吃紧或者消化不良的时候，所以这样的情爱性爱注定就是快餐，或者半途而废不能有所归宿。

据我体验，所有被坏女人吸引的男人，普遍的智商偏高。别看他们戴了婚戒也在外面勾三搭四，其实心里早有定数，他们总是把能够三从四德的女人娶回家来温良恭俭让，家外却早已经预留了给予别的女人的空间，而且会在新婚不久就去与她们进行周旋。这样的周旋，说重了是好色是滥情；说轻了，就是男人对感情也有一种恶作剧的潜意识；假如什么都不说了，那就是认同了这种现象已经成为当代不可逆转的时尚。

07

其实，我对也夫也不是特别的喜欢。因为我知道，公司里的小帅最终没有和他的女朋友结婚，绝对是也夫的蛊惑。

在我印象里，也夫对出众的异性也是从来就不放过。

一起上大学的时候，我特别可怜也夫。也夫没妈，只有一个爸爸和两个哥哥。也夫那时就经常和女人在外面吃饭，他说没妈的孩子就这样。也夫讲这些的时候总是嬉皮笑脸，全然一副无所谓的样子。每当此时，我就忽然想到大锤。我怀疑在我妈妈还没和他爸爸相好的时候，大锤是不是也像也夫这样天天和女孩在外面吃饭。那时候，大锤从来没有在我面前开心地笑过。我不知道他笑起来眼角的皱纹会不会像也夫这样很多。也夫那时常去我家，他一方面在追我，一方面也喜欢跟我妈妈聊天。我问他为什么总盯着我妈，他直言我妈妈胸大，很有诱惑感。我问他诱惑感是什么意思，他说诱惑感就是让男人看了很想跟她在一起的那种感觉。

那天，也夫在我房里吃着我妈妈端来的水果，嘴巴一鼓一瘪的，像一只正在咀嚼的河马。我不愿意看也夫的丑态，就四肢张开把自己抛在床上。可是，也夫的脸却忽然贴了过来，在我面前放得很大。也夫问我，你知道女人的乳房是怎么大起来的吗？我把眼睛直视着他，脸有些发烫，非常惊奇也夫怎么能说出这样的疯话。也夫却很不在乎，慢慢地压低身体，趴在我身边悄声说，你可以多被男人摸几次，去和男人多搞几次，那里就会大。说完这话，他便坐回原位，若无其事地大口啃着那个牙齿印痕已被氧化变色了的苹果。

可是，我更加讨厌也夫的同时，我的心却从那天起，忽然不能抑制地狂奔了起来。此后，我一旦闭上眼睛深深吸气，空气中就会立即弥漫着夹杂着也夫的口臭和口臭中苹果的味道。

08

我开始的老公叫大锤。后来的老公也是大锤。

一天，也夫告诉我，大锤酒后失言对他说，大锤对我死缠烂打地追击追求的兴趣所以会在最近日益淡去，是我乳房不是很大的缘故。也夫告诉我这个秘密的那天晚上，我平生第一次失眠了。

那时，我才 19 岁。你知道，我和也夫是邻居，我和大锤既是邻居又是大学同学和初恋。

失眠的那个晚上，窗外皓月当空，想得最多的就是也是我们同学的小妖。我想，小妖的乳房所以能高高耸起，大概是也夫的战绩。因为小妖告诉过我，要想波大，就和男人多搞几次。这话大锤、也夫也曾对我说过。但是每想到这里，就胃里泛酸，觉得恶心。我对失眠的感受是脑子乱乱的身体空空的。于是，我悄悄起床去找吃的东西。走到厨房必须要路过妈妈和那个男人的房间，就在我路过妈妈的房门时，忽然听到一阵异样的声音，这声音就像从人的胸腔里挤压出来的痛苦压抑的低吟和怒吼，听得我心里直颤。我不由自主地将耳朵贴在门板上。原来，竟是妈妈的声音。我当时害怕极了。虽然，从爸爸在哀乐声中离开这个家的那天起，我就开始不是很喜欢妈妈，但我还是担心她被那个常来我家住宿的男人欺负。当时，我屏住呼吸踮着脚尖悄无声息地趴在房门上，房门冰凉，猫眼里晕眩一片，只有妈妈那歇斯底里的声音时断时续。我快不能呼吸了，眼前顷刻一片鲜红。我感觉那是妈妈的血，感觉妈妈肯定就要被那个男人杀掉了。可是，除了恐惧，我的心里并没有太多的伤心，仿佛死在我脑子里的不是我的妈妈，而是另外的与我毫不相干的一个女人。我的手下意识地握住门的把手，向左转，门竟然裂开了一条不大的缝隙。于是，眼前的黑色与白色在门缝里剧烈地晃动着，黑的是那个女人飘散的头发，白的是那个女人不停摇晃的乳房。那个女人骑在一个模糊的肉体身上，摇摆得体形混沌，晃动得眉眼模糊，但从她一声声憋闷的尖叫判断，她应该就是我的妈妈，就是也夫总是叫她阿姨的但也曾直接表白也很喜欢她的那个女人。

门的把手上不知何时多了一只手，它包裹着我的手，轻轻向右转去，把门关死。这双手很厚实，是一双男人的大手，这个男人是大锤。我，终于得救了。大锤捂住我的嘴巴，把我拖到我房间的床上。虽然我与大锤相爱不久，却对他依赖有加，所以就有了每天给他留门的习惯。但他何时进来的，我全然不知。他问我看见了什么，我说什么都没看到。他说我在说谎。我没有说话。他又问我难受吗，我才清醒，摇了摇头。我还在说谎。大锤还问，告诉我，他们谁在上面？是你妈还是我爸？大锤抓住我手的手突然卡住我的喉咙并且继续缩紧，指甲已经深深陷入我的皮肉，可我仍然没有说话。只是感觉大锤刚才的问话使我刚才听到看到的一幕更加清晰，呼吸于是忽然地急促起来。刚才门缝里看到的画面就像恐怖片里不断切换的镜头，焦距焦点不停地荡着秋千。后来，不知过了多久，一个奇怪的声音从我胃部的恶心感觉中挣脱而出：大锤，你能杀了我么。

当然，大锤不会用他铁钳般的大手杀了我。他只是愤怒地把几近虚脱的我扭到床上，然后，他从自己兜里摸出一罐啤酒，看也不看我一眼就出门上楼去了。几分钟之后，我听到一个清脆的声音打破了夜的浮躁，我的心也随着那只扭曲的铝制易拉罐坠楼自杀了。

09

或许，坏女人小妖与坏男人也夫的结合是一个历史性错误。可是他们却认真地告诉我，负数相乘往往得正。

小妖多次讲过，一辈子都能拍拖那是女人的最好，起码有50年的快乐风光，如果能够一直拍拖到养老院并且还有一大群老者能够为你争得头破血流，那你就是极品。

她没与也夫结合之前，曾经一心希望能有一大堆男友。她那时就不介意做个未婚妈妈，只是幻想着梦幻与现实之间能够永远荡漾着一种自然的契合。她常常以拥有男友的多少来衡量一个女人的魅力，坚称不做外表绚烂而内心冰冷的女强人或者表面上本我而实际上却是为他的小资女人，不在传统的条框中作茧自缚。她还说，做一个被男人团团围住的女人，能够让男人神魂颠倒，其实并没有什么特别的奥秘，很多时候，只不过就是得体的漫不经心，而已。

漫不经心。这话真好。

10

可我，偏偏对任何事情都很较真。

那时的我根本不懂。根本不懂女人的诱惑与臀部乳房会有什么联系。我为此苦恼了多年。我也不愿意再问小妖，因为我觉得自卑觉得沮丧觉得很没意思。我看着自己虽不十分扁平却也不是很大的前胸，我开始怀疑我以后是否能跟大锤走到一起，我也不知道哪个男人会否想和我常在一起。

我的妈妈却是个翘臀丰乳的漂亮女人。漂亮得几乎不像已经有了一个上了大学的孩子的母亲。毕业家长会的时候，妈妈也去参加了。我的一些哥们和小妖都是第一次看见我妈。她们趴在教室窗外瞪大眼睛看着我妈对我说，你姐真漂亮，那胸该有 D 罩大吧。说完又转头瞄了瞄我的扁胸说，你跟你姐是一个妈生的吗？怎么差那么多？

我只能气急败坏地把小妖推得老远。旁边的大锤却骂了一句，操你妈的，你们狗眼看人低，那人也是我妈。

11

我一边讨厌着小妖，一边忍不住经常向她讨教男女问题。小妖对付男人或者说她在男女之间的游荡要比我早熟很多。

参加工作后的一天，肯德基店，我问她，也夫好像对你很有兴趣，你不会不能把他搞定吧？

小妖叹了口气说，结婚没有可能，喜欢他是因为我总觉得他活得真实。对付也夫这样的男人，要绝对禁止母爱色彩的方式，别总是盘查他，更不要问他谁谁来了电话。让男人难以捉摸才可以保持你的魅力，但不要嬗变到令他反感乃至绝望的地步。你如果暗示或表白三次他还不肯就范，那就彻底把他放弃。一个 25 岁的美国男孩子有句话：如果她很快束手就擒，我们就会很快中止情爱关系。要装得真像东方的女孩一样传统，不让他轻易越过最后一道防线，就是坏女人驾驭一个花花公子的策略。再有，你在经济上能够独立，他也会永远尊重你。他如果支付了你的所有花销费用，就会对你发号施令。乖乖女则不然，她们遇到可心的男人往往会把整个心都掏出来。有一个女孩被他的男友赶出同居的家，她还打电话向我哭诉："我曾经天天跪在那里擦地板，天天给他熬汤，为他熨衣服，洗内裤。可他什么都像视而不见。"我告诉她，那是他已经看透了你的贫乏。你也学着点儿，和男人初次见面，绝对不要滔滔不绝地说话，这会显得你很自卑。也不要因为紧张而不停地去说，保持冷静和从容能够使你看上去更有吸引力。你可以在谈话中漫不经心地透露：如果任何女人能从我这里抢走一个男人，那就让她尽可能地去拥有，我根本不在意这样的男人。

女人不论好与坏，一旦身陷情网，都有奋不顾身的毛病，总想把自己的点滴所有都倒进男人的杯盏。好坏两者的区别只在于，好女人经验欠缺，难免不能泼泼洒洒，而坏女人则倾倒的动作都是十分地娴熟，因为之前就有坏男人给了她实习的机会，自然熟能生巧。也许是我的偏见吧，我印象中的坏女人多是男人造就的，然后她们又肩负重任，让别的男人在折磨与心寒中变坏。这是个恶性循环。现代男女就像感情聊斋里的水中神鬼，一刻不停地为了上岸而四处寻找替身。

12

扁平的胸。碗大的乳。始终是我怯于交往男人的最大障碍。尽管大锤爱我爱得发疯，可我总是感觉我们的距离很远。我很自卑。

大学毕业的第二年，我与大锤结婚了。婚前，妈妈总是催我结婚，于是我向妈妈提出了一个至今也不知错对的请求：让她必须和大锤的爸爸立即断绝交往。没想到，妈妈竟然满口答应立即照办。事后不久我就得知，妈妈那时又有了新的男友。我知道，像妈妈这样漂亮的女人不会与寂寞为伍。但当时，我无话可说，只能就范，与大锤很快完婚。结婚那天，我妈妈和大锤的爸爸都出席了婚礼。那天，我也多次几乎晕倒。只要一看到妈妈，就怎么也无法把那个在大锤面前散发着母性光辉的漂亮妈妈和门缝里在大锤爸爸身上自由放荡的那对乳房重合起来。我心里即刻就会充满前所未有的羞怒与耻辱。我总在试图将那两只硕大丰满的圆体圆球赶出脑海，可无奈它们却像顽固的毒瘤一样已经深深扎根。

结婚的前一天，我最终下了决心去专卖店买了胸罩。虽然对于大锤对于我那时还很青春的身体来说，也许不需要去挑选道具来进行没必要的升华和掩饰，可潜意识逼迫我必须要与别的好看的女人一样。走进店里，我才知道自己老土和浑身的不自然。我不敢问售货员我该买什么号码，她问我要不要帮我量一下胸围，我使劲摇了摇头。我不愿让我的脆弱无所遁形地暴露在那根刻着数字的软尺之下。结果，我买了 32B 的胸罩。后来证明，这是一件再荒谬不过的事情。穿上新买的海绵胸罩，我的胸部立马骄傲了起来。看着镜子里那个自己都感觉陌生的女人，顷刻兴奋得有些得意忘形。可是不久，罩杯内的一片空旷却立刻使我痛恨起自己的虚伪虚荣和欺骗，感觉十分的滑稽可笑。于是我气急败坏地扯下似乎充满罪恶的胸罩，环抱羸弱的乳房在微冷的空房里瑟瑟发抖。

13

大锤喜欢上小妖，是后来很久的事情。

小妖瞄上大锤有很多的前兆。那些天，她频繁约我吃饭聊天，那时我就知道要有什么事情发生，只是不能预测会发生什么事情。

那些天，小妖仍然总是谈起女人如何驾驭男人的问题。她说，其实每个女人都想做个乖乖女，但是要想得到某个男人决不可过早暴露乖乖女的本质。乖乖女见了男人一般会说：我不想游戏人生。这样说就让男人立刻明白了她是多么惧怕他的抛弃。如果一个女子决定午夜驱车去主动看一个男人，那男人就会看到她的车顶上只缺少一个霓虹灯标志：送货上门。

漫不经心其实并非旁若无人，如果若即若离的尺度没有把握好，很有可能把一个挺在意的男人搞丢了。男女交往，一般是在刚刚相识或者某一方做了错事的时候发飙，谁扛不住谁死，必然损失惨重。以冷制冷应该是女人常规的反击方式。有人给乖女孩出些馊主意，建议女孩子在他想不到的地方，比如背包或者抽屉里塞张小纸条，写一首小诗夹在他的笔记本上，甚至通过外送比萨给他带来惊喜。其实这样做了，只能适得其反。女人套牢和拴住男人的办法是三个阶段，先是难以捉摸然后开始嬗变，接下来就扮酷充分显现自己的野性，这样才能迸发爱的激情。男女相爱的基础永远都是对方的神秘。当然，你的嬗变不要变到令他反感乃至绝望的地步。也当然，最后能够守住那个男人的，往往是打破这三段规则的女人。

14

大锤喜欢小妖之前，大锤曾说我是个没有羞耻感的女人。那天我正在洗澡，门没锁，大锤站在雾气里冷冷地打量着我。可是他马上又说他说错了，他说我根本不能算是女人，因为我没有屁股没有胸。

当时真的想哭，可我没哭，我只是冷眼看着他，极力让自己显得冷漠，因为我隐约知道他说这句话的潜台词。因为他的爸爸和我的妈妈的那段往事，一直就是我们不能真正走到一起的原因。

大锤不喜欢我而去喜欢小妖，确实有肉体的因素。或者主要因素是肉体。小妖大屁股大乳房，小鼻子小眼睛，头发经常的造型是就像没有煮开的面条，而且经常变换出红色棕色或者蔚蓝色。我不是那样的女人，我的屁股和我的胸部虽然不像被压路机轧过一样的扁平，却也不是翘臀耸乳。只是，我的眼睛总像胀满汁水的葡萄一样，大而水灵。当然，这是帅来形容我的。那时我和帅还没有过肌肤之亲。

但是，从大锤说我不是女人那天起，我就经常脱光衣服，侧身站在镜子面前仔细端详镜子里那具陌生得自己都忍不住想去探索一下的身体。那奶脂一样洁白柔软和光滑的身体上不仅有两点三点的凸起，而且波浪起伏的曲线也十分匀称优美。

面对镜子，我长长地舒了一口气。大锤说错了。大锤要有新欢了。

那一年，我26岁。

15

也夫认识小妖的时候，小妖还不认识大锤。那时的小妖在跟另一个男人打得火热。而也夫已经对小妖与大锤床第之欢了如指掌的时候，我却全被蒙在鼓里。

男人的本性都很放荡，也夫虽也放荡，但骨子里却很憨直厚道，从不设防别人。我们一起上大学的时候就是这样，女生们都感觉他像哥哥一样可以依靠。小妖看中他的，也许就是这点。小妖那时也许是野够了，疯累了，想找个依靠好好过日子，所以，当我还没有完全认清小妖的本质之前，就把她介绍给了也夫。结果，他们相识的第二天，也夫就开始常常哼着歌曲来上班。也夫这样的男人绝对抵御不住小妖这种女人的诱惑和攻击。也夫也确实和小妖有过将近两年的幸福生活。我一直以为，小妖绝对不是很坏的女人，她除了那方面的欲望比较旺盛强烈，体贴男人或者过个平常日子，绝对是把好手。可是，生活就是这么戏剧，她偏偏喜欢上了她的好友我的丈夫大锤，而更加戏剧的是也夫偏偏对小妖难以割舍，竟然花钱雇了私家侦探对小妖进行跟踪。

一天，也夫突然约我去一家酒吧。

当时就觉得奇怪和突然。因为也夫打电话约我的原话是大锤也没在家吧，我们去喝点什么好么？我看看墙上的挂钟，时针已经指向了夜里 10 点，大锤也确实没有回来。不过，大锤晚饭前曾打来电话，说他晚上有个业务要谈，晚些时候回来。于是，我怀着很多疑惑来到也夫定好的酒吧。也夫那天很不安静，反反复复说了很多他和小妖之间的往事。他讲话逻辑很乱，以至于后来我已经分不清楚他说的哪些是真相，哪些是谎言。后来，一个酒吧服务生打扮的女孩过来示意了一下，他才牵住我的手说，我们走吧。他牵着我，我随着他，却没有直奔门口，而是来到了一排包房的走廊。在一个房间的门口，我们驻足并且都立刻惊呆了，里面竟传出一对男女做爱时的疯狂浪叫。仔细倾听，我也辨别出了那是大锤与小妖发出来的歇斯底里。不知怎么，我突然感到一阵晕眩，眼前大锤小妖扭缠一团和我叫妈妈的那个女人在大锤他爸身上癫狂的影像重叠在一起。

顷刻，我感觉自己遭受了莫大的侮辱，下意识地猛然给了也夫一记非常响亮的耳光，跑了。

16

从此，我一病未起。

病倒以后，大锤小妖也夫都对我备加照料。帅虽然没有结婚，却也带着女友多次来看望我安慰我。特别是大锤，更是天天守在我的床前，在我就要离开这个世界不能自理的那段日子里，他也帮我大便小便帮我擦身洗澡。有一天我问，也夫怎么许久不来了，大锤告诉我，也夫已经辞去了你们公司的工作天天酗酒。我知道，也夫不能接受的，并非是小妖的背叛，而是陷入了深深的自卑与嫉妒。于是我让大锤打个电话，说我要见一见也夫。不久，也夫带着醉态来了，我开导也夫，你们男人就是奇怪，小妖在跟你同居之前，她的身体就已经是千疮百孔，你怎么就那么介意大锤吃点快餐捅去的那么一刀呢。也夫不答，竟然猛地抱住我瘦弱的身体泪流满面地说，我当年那么追你可你就是不肯，今天，今天我们也报复他们，我们也让他们去自卑让他们去嫉妒吧。我任由也夫在我胸前痛哭许久，然后我问他，你到底喜欢小妖什么？他几乎吼着说，你们女人根本不会懂得男人，你不知道小妖的臀乳多么可爱，她叫床的声音多么让人销魂。你们女人也永远不会知道，那一刻的男人是多么的身心放松，所有男人平时承受的一切一切的压力压抑都会忘却。

也夫说的，我真的难以理解。只是，那天痛苦不堪的也夫在马路上被一辆飞奔的汽车了却了所有烦恼，去了另一个世界。

但愿，也夫临走的那一刻没有自卑、嫉妒和遗憾。我问过参加了也夫葬礼的大锤，大锤说，也夫走得很安详，脸上还带着微笑，像个睡着了的孩子。

我在心里祈祷，但愿大锤这次没有骗我。

后来，我的身体一日不如一日，医生多次会诊，也最终不能做出明确诊断。弥留之际，我只记着三件事。一是我的骨灰不要保留，随便撒在哪里沃土施肥，可你出差外地，我交代给了大锤，让他不要听从我那个我并不喜欢的妈妈的意见，负责办好这件事。二是我要把你经常问我而我从来没有回答你的所感兴趣的问题，毫无保留地记录打印，这件事我要悄悄交代小妖去办，请她以任何一种合适的方式转寄给你。三是，总觉得这样离开你们有些遗憾，最近几天我总是不能排遣一种烦恼，总会忍不住去想象大锤与小妖在一张深红色大床上翻滚做爱的样子。我想问问小妖，究竟喜欢大锤什么。

今天，小妖来了。竟送给我一件红色胸罩。她说，姐，其实你的胸并不很小，觉得你戴上这个33D胸罩会更加好看。小妖观察得真细，她竟然懂得我应该戴33D的胸罩。我点头谢过，示意她给我戴上，她很顺从地把那件红色的胸罩给我穿好。

我知道自己来日无多，可能随时随地，便忍不住问她，你最喜欢大锤什么呢？没想到，她竟然这样说：姐，其实我早就知道你要问我，你真不应该在你内心藏了这么久才问。姐，我也几次想主动告诉你，可又怕伤害姐姐。其实，我喜欢大锤的是别的男人不能给我的那种雄性的强壮和力量，仅此而已……

读完这封长信，我心里并没有沉重和伤感，反而觉得犯困的睡意突然来袭。白天的奔波劳累和司空见惯的麻木已经使我的神经产生了抗体。睡梦中，一个面目模糊的道人与一个秃顶光亮的和尚向我走来，似在自言自语又像对我传教。

道人说了句《周易·系辞上》中的格言：同心之言，其臭如兰。

和尚则在背诵《六祖坛经》里的名句：色身是舍宅，不可言归。

酒吧里的形形色色

题记：

谁都不愿移花接木错表人言，但愿这个故事没有虚构生活和转基因真挚的情，高贵的爱……

泡吧。

常去的不是什么迪吧网吧影吧聊吧氧吧醋吧，而是哈尔滨这座城市不胜枚举的各种酒吧。

酒吧里自然有酒，有音乐，有浸染在灯红酒绿中的男人女人，五光十色的灯影里还分明弥散着很多欲望。

哈尔滨是中国酒吧文化的起源地之一。第一次世界大战中期和二战初期，大量避祸的犹太人、白俄罗斯人以及西方商人落难到此，舶来大量欧洲风俗民俗和西方文化的同时，也孕育和经久了这里酒吧业久盛不衰的历史。

我常去的酒吧叫“维多利亚钢琴酒吧”。酒吧建筑，是西方巴洛克古典样式。

酒吧三层小楼，一楼是大厅，二楼是舞厅，三楼是多个单间雅间。从酒吧的总体格局看，已经把社会上能够来到这里消费的阶层，分成了三六九等。据我所知，所有来过这里或者将要来到这里的客人，没有人去注意和考证这家酒吧的历史以及酒吧店名的来历，而我却有幸在一次偶然巧遇中知道了这座酒吧的秘密。这里之所以称为钢琴酒吧，是这家酒吧有一架古老破旧却是价值连城的钢琴。当年，英格兰王室为与奥匈帝国的争雄并与波兰联姻，维多利亚女王将自己最心爱的三女儿远嫁波兰王子，并陪嫁了这架钢琴。女儿为解思乡之苦，每日以泪洗面，弹琴解忧，不久便离开人世。然而，这架钢琴却在二战后期神秘地出现在中国。我起初之所以费尽周折寻找并且来到这家酒吧，就是这架古老钢琴神秘来历的诱惑。我现在常来这家酒吧，还有许多其他神奇而微妙的诱惑。比如，你若想在大庭广众之下听到男女相拥相吻时由胸腔里迸出来的本能呻吟，你就可以无需羞涩而大大方方地倾听，假如你有所心动，甚至可以走过去悄悄观看他们扭曲骚动的形态且不会遭到白眼。也是醉了。

今晚，那个号称在用自己身体写作并且喜欢在一楼大厅某个角落里伴着钢琴音乐经常与男人暧昧的二十多岁的女记者又来了。这个女记者，曾混迹于北京许多酒吧。我与她就在北京的某一酒吧相识。北京酒吧多多，混迹北京酒吧的主要是在华外籍人士、留学生、本国生意人、白领、艺术家、大学生、娱乐圈人士及有经济能力的社会闲散人士等。北京的酒吧有大有小，例如利用废弃大巴士的“汽车酒吧”；与足球相关的“足球酒吧”；能在里面看电影的“电影酒吧”；充满艺术情调的“艺术酒吧”。我和眼前这个女记者，就相识于某家艺术酒吧。当时她还非常前卫，还没有打出要用自己身体写作的噱头，只是南方某家晚报的文化记者。不想三年之后，她已应聘到哈尔滨某家杂志。当我在哈尔滨某家杂志读到她的文章并且在这家酒吧与她再次邂逅时，早已物是人非，已经对她的行为观念及她的文章作品瞠目结舌。那一晚，她来了，我也来了。不过，我来，绝非是想再次猎奇女记者再次更换哪个男人并且想倾听她与哪个男人在某个角落叫床般的呻吟和私语，而是还有别的事情要做。我在这里还有更加重要的等待，等待一个远方来客，等待一个神秘时刻的到来。

那晚，酒吧里氛围如昨。

厚重低回的钢琴曲中，烛光点点，灯影婆娑。大堂两侧，显眼地坐着一排固定在这里专做陪侍的少女。几乎所有喧哗都市中，处处都隐藏着这样一群少女，她们已经忘记了本应属于自己的生活，终日在桑拿浴、泡脚房、洗头房及各类 KTV 包房中充当陪侍的角色，用满身香气的肉体与风骚勾引各色男人并与他们交流媾合。傍晚或深夜，是她们最为忙碌的时候，她们在默默等待着来此休闲的人们上钩。面对着烟酒和男人，她们或许也曾逃避，但现在，她们已经离不开这些可以麻醉自己的东西，她们的一生终会被归结为只有肉体堆砌而没有泪水凝结的人生。旖旎的灯光里，这些侍陪女在单调的钢琴音乐中变得愈发让人不敢正视，我只好把目光移向别处。

别处，也是大厅，几对时髦染着红黄绿蓝等彩色发丝的显然是早恋的初中生、高中生和正在同居以及将要同居的大学生之类的男孩女孩们分别簇拥着吸烟喝酒。那对女同互相摩挲着静静坐在靠窗的角落里。贩卖摇头丸的那个寸头被两个娼妓揉搓着肩背，貌似很舒服地眯缝着双眼在搜寻新的猎物。倒卖钢材发家的那个暴发户今天破例穿得西装革履也破例没去楼上雅间，而是端着一杯红酒倚在吧台旁不断地向独自坐在东北角的那个女记者抛着媚眼。那个穿着便衣的警察仍然以为别人不知道他是警察，拥着一个大学生模样的年轻女孩坐在靠墙暗影下一张桌子的一侧，在肆无忌惮地探乳，小女孩自然也不闲着，一只手摩挲着警察的后背另一只手却在警察的裆部按压着什么物什。其他散客不多，散落在多个角落里各自做着官商勾结、土地批发等类交易和网友见面、婚外偷情之类的事情。绅士今天没到，我有点想他。可以这么说，这个绰号叫绅士的IT博士，名义上虽是开发电子软件的民营公司老总，实际上，他却掌控着这座城市能否安定稳定的大权，是地地道道的黑白两道的社会名人。

这时，那个长相丑陋制贩假酒绰号叫黑三儿的家伙到了，他又陪着一个似乎眼熟的政界官员并且领着四个靓妞走了进来，鬼鬼祟祟顺着环型木梯直奔楼上雅间。

那天，我所认识与不认识的客人大致来了这么许多。我的预感让我断定，那个绰号叫作绅士的IT业博士今晚也一定能来。

那架古旧的钢琴仍被那个人称“二毛子”的蹂躏着敲打着。二毛子六十多岁了，是这里现任老板，也是这里最早的钢琴手。今晚，他在反复弹奏着一首老歌，《逝去的时光总是难以忘怀》。偶或，这个号称老牌音乐家但是乐感极其二百五的“二毛子”竟能把钢琴敲打出尖叫刺耳的金属碎裂的声音，简直不忍卒听。

他做了老板之后，已经许久不亲自弹琴了，今晚他能亲自操刀，并反复弹奏同一支曲目，或有什么例外可能发生。

二毛子，是哈尔滨人对俄国人与东方人所生的混血儿的俗称，但我知道，眼下这个二毛子却非俄国人与东方人的后代，而是亚裔波兰籍的犹太人，并且就是这架钢琴的主人。他的外国名字叫希洛克，他父亲是波兰王宫的贵戚，却被纳粹组织秘密发展为盖世太保骨干成员。1940 年至 1945 年，纳粹在奥斯威辛集中营杀害 100 多万犹太人，沾满鲜血的凶手中，就有他的父亲。而他的母亲却是地下革命党成员，在他的父亲疯狂屠杀犹太人的同时，她利用自己是盖世太保家属的秘密身份，不断用汽车后备箱、手提箱、人力车等先后营救出数百名犹太儿童。父亲母亲所做的一切都互相隐瞒着，都以显贵家庭身份伪装着，但那时只有 10 岁的希洛克却把他们的所作所为一一看在眼里。后来，他父亲奇迹般地躲过了正义的审判与追杀，在战争即将结束时的混乱中带着家眷成功地潜逃隐匿到了中国，并且隐姓埋名成了这家酒吧的主人。后来，国际追逃纳粹残余分子的某个组织接到举报，他的父亲被这个组织查到了行踪，又被国际警察组织押送回国并被海牙国际法庭判为终身监禁。也是那一年，曾被他母亲营救出来的数十个当年的儿童费尽周折找到了他母亲的下落，并在全球公开了那些十分感人的惊险事迹，于是，他的母亲立即被国际人权组织尊为电影《辛德勒名单》中辛德勒一样的英雄。

也是那一年，希洛克遇到了华裔犹太女孩玛莎并深深爱上了注定不会有爱的结果的玛莎。玛莎也是当年被他母亲从纳粹集中营里营救出的女孩之一，当玛莎等人为自己母亲当年的义举四处奔走的时候，希洛克也深深为之感动。玛莎是著名的钢琴家，当时吃住就在他们家里并且每天都教希洛克弹琴，当时二十几岁的他们由此深深相爱并且越来越爱得如胶似漆死去活来。那时，希洛克说，只要真爱就是亲人，而且在相爱和成为亲人的过程中绝对不需要任何因由和理由。可是就在他们结婚的前夜，他却发现，当一位亲人伤害另一位亲人的时候，他必须要以自己亲情的亲近远疏做出痛苦的舍取和选择。原来，举报父亲是隐藏多年的老牌纳粹并且让父亲风烛残年还要在深牢大狱中苦度余生的告密人竟是玛莎。于是，在一种难以名状的心理矛盾和万分痛苦的情感折磨中，他毅然选择了与她彻底分手。

他的父亲临被押送荷兰国际法庭时向他一吐衷肠：父亲早年是英格兰皇家宫廷卫队侍卫官，与维多利亚公主早有恋情却不能明媒正娶，便陪同她远嫁波兰。公主对父亲情虔义重，在他逃难中国时便以这架价值连城的皇家钢琴相赠予他。父亲的一生，虽罪孽深重，罪有应得，但唯有对公主的情和对他们母子的爱最真挚和难以割舍。父亲交代他，假如日后生活拮据，可以变卖这架钢琴为他和母亲养老送终。玛莎临回美国时对希洛克也有交代：假如你仅仅因为爱已经不再爱我，我就永远做你母亲的干女儿；假如你因为我举报了你的父亲而不再爱我，我将终身不嫁。玛莎毅然回国。从此，希洛克变得少言寡语，不再结交任何朋友，也曾多次放弃了回到波兰或者去以色列投亲靠友的机会，这一点令所有熟悉和不熟悉他的人十分不解。爱无族别，爱无国界。

弹琴老人希洛克在弹过一曲的间隙，用他呆滞的目光扫视了一周，并点头向我示意。

他是个沉默寡言的老人，却与我有过深谈。他说，爱情之神和命运之神，往往不能在一个人身上眷顾。悲欢离合，阴晴圆缺，按中国话讲，自古难全。但在中国，他却在哈尔滨接纳了如此之多的白俄人、犹太人这件事深深感到，小小地球村，就是大家庭，每个成员都是爱和被爱的元素。他还说，个体的力量永远无法阻止他人的不幸，但我们可以通过付出点滴之爱，让不幸的他人拥有美丽的人生。他说，玛莎曾经说过，深爱一个人等于在爱全世界，拯救一个人也就等于救了整个世界。如今，希洛克终身未娶。他终身的积蓄分别捐给了这座城市大大小小的教堂和慈善机构。他与也是一直没有婚嫁的玛莎一起，用他们一生的代价，演绎了一曲凄美的人生恋情。

也许，他今晚反复弹奏《逝去的时光总是难以忘怀》，是在对他和玛莎一生的爱情进行祭奠。

那个神秘时刻还没到来，那个倒卖钢材的暴发户已经端着酒杯走向那个女记者，显然他们刚才的互相勾搭已经心领神会。

女记者虽曾混迹于北京多年，但她是重庆人。重庆也是中国著名的美女城市之一。据说，重庆的解放碑附近是世界上美女最密集的地方，平均每五秒钟就能见到一个美女。这位女记者就来自重庆，她自称是应聘于本市某女性杂志的记者，却在某报纸开办了探讨性问题的专栏。她以大胆前卫自诩，以她还算年轻且有些魅力的姿色大量接触各类男性，并且常常在夜深之际就在酒吧的角落里与情投意合的男人直接完成性交。据说，她自小就崇拜世界级色情文化大师萨德，对萨德的许多警句倒背如流，初中时就与班主任有了恋情并与多个男孩同居。她也极力推崇萨德笔下的 16 岁少女艾曼纽，常常言称要用自己的身体进行写作，揭示东方性文化的神秘。她的文章也确实新鲜刺激，笔锋犀利，观点前卫，征服了很多读者，但是熟悉她的人都对她的这些做法嗤之以鼻。

我知道，暴发户这个家伙就曾用金钱雇佣和指使两名落魄的画家，把女记者勾引到出租屋鬼混了三天三夜，十多天后女记者再次露面时已满脸蜡黄、疲惫不堪，虽然她在报纸专栏里发表了《男人与猪狗及其他》，详细披露了他们两男一女在一起媾合的很多细节，更使她名声大震，可她却因此染上了严重性病并卧床治疗了一周。这件事是昨天我和暴发户互相敬酒时知道的。暴发户叫李进步，他倒卖钢材很早，据说，这个家伙仅用中国的红砖从俄罗斯换回一次钢材，利润就达数千万元。所以，李进步就像许多有钱的男人一样，并不缺少各种姿色的女人。他有过三次失败婚姻并得出一个结论：世间不会有什么真情，天下所有的女人都是贱货。他之所以这样对待那个女记者，他说这是他代表男人对女人的一次惩罚。当时，我对他说，可是她并没有加害于你，起码她对于你是无辜的。李进步听了，许久不言。

希洛克弹奏的《逝去的时光总是难以忘怀》弹到了低音部分，如泣如诉，撼动着听者远去的良知与真纯。

前不久，我也遇到一个女孩儿。她 28 岁，自报香儿，自称是北京一家外企的部门经理。这些都不可信。可信的是她的美丽和高雅。我们偶然出差上海，又偶然在一家酒店相识。我有个习惯，每到一地都十分留意那里的酒吧。我和香儿在酒店餐厅相识，相约同去的就是酒店附近的酒吧。

香儿给我的第一印象，是不知哪本书看到的一句话：不漂亮的女人都很相似，美丽的女人各有各的美丽。中国地大物博，不同城市不同气候条件和不同的文化氤氲，也养育了不同气质的美女。而不同美女的朝气、娇艳、性感、柔情，又给了城市以不同的鲜活，让城市的每一分钟都会有动人心魄的一刻。寻找并接触不同城市的女性，其实是在接触这座城市的个性与灵魂。香儿是北京女人。京城是几代古都，几乎满街男女都可能是名门之后，所以京城的大气令所有北京妹都有一种潜在的政治家气度，仿佛每个女人身上都透着随意的自信和大气。同时，特殊的人文地理环境也造就了北京女人的朴实与高贵，使她们视野较宽，拒绝细腻，不屑掩饰，多有一种豁达的处事态度。香儿也不例外。那天她说，近些年来物质生活过于稳定和丰富，寻常生活变得比较戏剧也属正常，尤其让乏味、单调、麻木的生活变得强烈些，让某些疏远的关系变得亲密些，或许已经成为人们追求的一种时尚。她说她丈夫长期外出，他们在维系家庭存在的基础上，都有心照不宣的婚外情。我顷刻感觉到我们的谈话必然是一次很特别的聊天，她的观点几乎颠覆了我原来对男女接触的所有看法。她的观念也是闻所未闻。她说，婚外情，特别是一夜情，不值得也没有必要大惊小怪，这是一种极其简单和轻松愉快的关系，不关乎责任与义务，彼此不需任何承诺，只关乎某个时段的感觉和以后回忆时的温暖，可以记得，可以忘掉，没有前世，没有来生，只有眼前的情迷意乱。

我被她的理论迷住了。香儿还说，男女之间一次愉悦的相识一次愉快的谈话与一次和谐的性爱没有任何区别，都是一种短暂的交流，彼此把那种美好记在心里，足够了。也许，这样的两个人今后永远不再联系，还会彼此挂念，渴望能有第二次、第三次，但是当事男女都会自觉回避，也许永远不会再有。

香儿毫不设防的宣讲与深入骨髓的透彻，令我十分着迷。她与那位女记者不同，竟把男女情爱上升到一种已经大化的境界，所以我们当时就彼此相约，再见。

今天，她来哈尔滨出差，约定就在这个酒吧见面。

香儿没有到来。那个神秘的谜底也还没揭开。这时，楼上雅间传来的一阵阵高高低低男男女女打情骂俏献媚求宠的浪笑和女人声音很大的娇喘滴滴的嗲声嗲气中，李进步与那个女记者已经相拥而坐，他不断说着什么的同时不断眉眼调情，但对方只是满脸严肃地在听，似乎并不为之所动。这时，被大家称作绅士的 IT 博士到了。

绅士戴着黑框眼镜，三十岁左右的样子，永远服装整洁而且满脸自负，总是一副正人君子和神通广大的做派。绅士也确实神通广大，上至省市乃至国家高官，下至各界知名人士以及红道白道的老大马仔，多有较深交往。他既是当红的科技精英，世界一流测谎仪的更新就是他的手笔，同时随着官员名流信奉天命的兴起，他又拿捏出一套可以预测每个人福祸沉浮的巫术，使他成为名噪一时的预测专家。

今天，他却一改往日彬彬有礼的绅士风度，满脸严肃地直接奔我走来，我有些谦卑地站起来准备跟他握手寒暄，可他突然揪住我的衣领，把我搡到座位上。众目睽睽之下，我一头雾水并且有些尴尬。这时，他怒视着我压低声音说：我跟你说过多少遍了，男人，要通过征服世界来征服女人，而女人，则要通过征服男人来征服世界。可是你，竟然也能苟苟且且，不成大器。

我见他声音不高，似乎不想把事情搞大，便也压低声音说：你什么意思啊你，莫名其妙！

他仍然压低声音：装什么傻你，你泡妞泡到我头上来了！

我愕然：香儿？你是说香儿？

绅士神秘地一笑，说：有眼不识金镶玉，香儿，香儿这名也是该你叫的么？接着，他坐下来开始侃侃而谈：唉，人啊，总是倾向于想要得到而又很难以得到的更多的东西。当然，她也不过是我前妻。当然我也知道，你如果想要占有她的全部，你必须要拿到这个东西——说着，他扔给我一把金黄色的装饰很美的钥匙。

我问，这是什么？

他点燃一支香烟，慢悠悠地说：这是你要进入她身体之门的钥匙。我更愕然：贞操带？她的？

我知道，贞操带是欧洲锁住女人下体的一个古老发明，近年传入中国，一些中国年轻女性穿着贞操带举行婚礼，新婚之夜将解开贞操带的钥匙交给新郎，从而表达一种信赖和献身。一个大学生网站曾经讨论过这一话题，有些女生就曾表示，在当今各种不讲节操的时代，她们愿意穿上贞操带，在未来婚礼上把钥匙交给自己所爱的人。一个女生还这样写道：我持续穿着贞操带，直到我有一位稳定的朋友，在婚前或者两人关系确定之前，他必须理解我的想法，允许我穿着贞操带，如果他要掌握钥匙，除非他以他的真实和真诚解放我，这是我的甜蜜的梦。可是在男权统治观念被极力否定的今天，贞操带已经引申到保持处男和处女之身、节制生育和防止强暴侵犯等方面，想不到在绅士这个年龄阶层也在玩着这种把戏。于是我问：香儿佩戴这个东西，也是证明她对你能够忠贞？

绅士坦然一笑，说：老兄，你是真的不懂还是跟我装傻啊。她没告诉你，我们早就分手了啊。其实，每个人的意识深处都有受虐倾向，而受虐也是等待的一种状态，无论男人还是女人，束缚可以直接感受到物质和精神的某种压迫，使当事者产生更多的想象，从而处于一种特殊的兴奋状态。所以呵呵香儿，她也不过是要享受一下来自于幻想中强烈预期的受虐的快乐而已。他说着，把那把钥匙塞进我的手里并说，这是香儿嘱咐我专门为你配制的。也就是说，打开香儿贞操带的钥匙共有两把，你一把，我一把。

绅士的高谈阔论让我感到自己正在堕落。凝视着那把钥匙，不知如何作答。静默许久，我才问绅士，你和香儿到底怎么回事？

绅士哈哈一笑，只说了句她是我曾经的女人便没了下文。我和绅士终归是神交已久的朋友，所以我好奇地问，那你和香儿怎么分手的总该告诉我吧。这个话题似乎引起了绅士的兴趣。他竟得意扬扬地发表了一通长篇大论。他说，准确地说，香儿根本不是什么北京女人，香儿其实是上海女人。上海女人的特征你不会没有耳闻目睹吧？准确地说，上海女人的美带着香气，也带点霸气。有人说上海那座城市就像摩登少妇。这就意味着这是一座经常让年轻男人头晕目眩而找不到方向的城市。具有这种特征的城市所盛产的美女自然与众不同，她们总是带有一种傲视天下的派头。那里的女人几乎都带着一脸公主的表情，目不斜视，如入无人之境，举手投足都会流露出一种内在的高贵，仿佛是在检阅整个世界。她们眼光挑剔，没有温度，拒人于千里之外。若有例外，也基本看得出包藏着的心机。她们举止极为小心，不会忘情地哭和笑，脸上表情都很标准，感性而不性感。上海的地理环境和气候条件赐予大多数上海女人细腻、光滑的皮肤，再加上天生对美的敏感，上海女人的装扮大多时髦、得体而不夸张。上海女人极少有装扮邋遢的，她们宁可委屈肚子也不愿委屈穿着。没打扮好之前，她们宁可迟到也不会出门。同时，上海美女也和其他上海人一样，具有精明的头脑和精于算计的机敏。一位上海美女作家曾给自己起了个英文名字叫“Aminda”，究其原因，原来A字打头在英文字母排列中排名最前，呵呵意思是说，只有上海的女人最优秀——看绅士口若悬河，没有打住话头的意思，我只好急切地问：问你和香儿的事儿呢，你扯哪去了？

绅士又是哈哈一笑，说：我们？我们根本就没有结合，怎么谈得上分手呢？你不是也拿到了解密她身体的权利么。你想想，香儿这样的女人，也许做情人比较合适，谁会娶个浑身傲骨、满腹经纶的女老板或者是武则天做妻子呢。当然你也知道，女人之于男人，总是得不到的最好。你说呢？

我能说什么呢。绅士极具编造故事的天才，也有驾驭别人的习惯，我实在不想与他争论香儿到底是北京女人还是上海女人，在绅士这种人面前，你唯一能做的，就是当好听众或者服从安排，他什么事情都会给你想得十分周到。于是我指了一下正在弹琴的希洛克又问：你约我今天来说有好戏要看，指的是这个二毛子么？绅士神秘一笑，说今天晚上，你不仅可以了解一段生死恋情，还可以看见现实中真实的警匪故事。我听了更是大惑不解，随口说了句我也没看出什么呀。于是，绅士告诉我，希洛克今晚反复弹奏的这首《逝去的时光总是难以忘怀》是当年他的恋人玛莎临别时留给希洛克的曲目。前几天，苦恋这个老头子一生的玛莎去世了，希洛克的纳粹爸爸也在监狱中去世了。他们都是因为思恋亲人和孤独忧郁而死。十分巧合的是，他们都在同一天离开的人世。我看过玛莎留给希洛克的这篇曲目的手稿，手稿的几乎每一页都有一个红色墨迹的女性器官的印痕，希洛克告诉我，假如把这些器官连接起来，就呈现出了玛莎完整的裸体。可见，今天夜里希洛克亲自并且反复弹奏这支曲子，一定是在表达很多很多的思恋与感怀。

这时，三个满脸严肃的男人走进了酒吧，直奔楼上。绅士说，他们是中纪委的，楼上一定有什么贵客吧？

我答，黑三儿领着几个男女就在楼上。

说话间，那个新来的市政府要员被刚才上去的三个男人搀扶着走了下来，黑三儿在楼上扶着楼梯回廊满脸尴尬。绅士感叹道：又一顶乌纱帽就要落地了，可惜他才 43 岁。绅士告诉我，被中纪委带走的是位副市长，负责政法工作，因为没有给黑三儿旗下的洗浴娱乐业提供应有保护，所以就设下了这个陷阱，他一边设法请到了副市长来到这里并给找了女人和小姐，一边打电话举报了他，真是阴损之极。我说，市长偶尔玩玩酒吧也可以丢了乌纱帽么？绅士说，你不懂，如今的中国官员，已经是风险最高的职业。现在的官员你懂的，已经不是谁被调查谁有事，而是你想查谁谁就有事。目前中国官员正处在最两难的境地，买官卖官的潜规则与上级的赏识信任混在一起，使真正廉洁的干部绝对做不了大官，因为他们没有生财之道而拿出相应的朝奉去进行沟通，而拿得出足够饷银做了大官的，同时也就加大了风险系数使其变数更大。

不知何时，黑三儿已经凑到我们桌前。他端着一瓶人头马XO，分明有了几分醉意。他给我和绅士的酒杯分别斟了红酒，说，两位哥哥，我很后悔我今天所做的蠢事。刚才，S市长被带走的一刹那，我从他的眼神儿里突然读懂了一个道理，那，那就是，世界上所有的人都很善良，又都很无奈。我，我后悔死了……我对黑三儿的表白厌恶至极，刚想对他的卑鄙行为斥责几句，绅士却已端起酒杯接过话茬说，S市长的事跟你有什么关系啊，他的落马是他咎由自取，又不是你的举报。我怔怔地看着绅士，他刚才明明说是黑三儿给那位副市长设的陷阱，现在又讲市长是自己咎由自取。绅士，不愧圆滑老到。这时绅士又问：老弟，听说你艳福不浅，最近又泡了个武汉美女？黑三儿也借坡下驴，突然来了兴致，趁着酒劲开始大加发挥：呵呵不瞒大哥，是个武汉小女生。那里女人的可爱，不仅透着只有武汉美女才会拥有的智慧与灵气，并且个个都非常警觉。所以，得到那里的女人很不容易。她们无论对金钱还是权力都有一种小心翼翼谨慎。她们对感情有着独特的热情和计较，对家庭，更是十分的在意，有着强烈的归属感。她们对自己人生的何去何从也有着足够的小心和把握，她们也有许多浪漫的渴望，但决不轻易上当受骗。她们在似与不似之间，在移民和本土之间，常常两难，既不放荡也不现实，犹抱琵琶半遮面，给人一种朦胧的错觉。呵呵武汉的女孩，真是难以琢磨……

黑三儿的炫耀令人难以忍受。作为一个人，可以在很多方面无知，但绝不可以无知到你在信仰什么，你在坚守什么，你可以不知道你需要什么，但你必须懂得和必须记住你要摒弃什么。而黑三儿，只能说狗屁不懂。

我信步走到李进步与女记者桌前。因为都是朋友，少去了很多客套便加入了他们的谈话。当时，女记者与李进步谈兴正浓侃侃而论，并没有因为我的到来而终止她的话题——

女记者说：小的时候，女人生得齐整并会搔首弄姿，便会被人歌颂为“妖精”，如果再能红杏出墙私会情人，更是妖精之妖精，不被塞进微博里人肉也要被唾沫星子淹死。什么叫活在当下，什么叫女人要更爱自己？我以为，自寻烦恼和孤独的男女是可耻的，没有情人的妖精也是不健康的，所以感谢这个社会给了我正大光明当个经典妖精的机会。

李进步大笑：妖精的首要条件是会缠人。一见钟情，一瞥惊魂，之后还要有黏住我们的技能。人们都说巧妇难为无米之炊，可你们这些妖精却可以把白开水煮出咖啡的味道。

女记者：次要条件是善解人意。有的妖精说，我爱的只是你的人，吃稀饭拌咸菜整天挥舞讨饭棍就当是练习武术了也要跟你一辈子。有的妖精还说，在你生气的时候呢她会迁就你，在你失意的时候呢她会安慰你，成功的时候她会提醒你，发了工资知道留一点零花钱给你，洗衣服时发现你的钱包干瘪了会主动给你增肥，分开的日子天天想着你，归来时候会咬你的脖子，你累了会静静地偎在你怀里。而你，也必然要加倍努力来回报她的胶黏。哈哈，这样的妖精如何？

李进步：哈哈优秀的妖精必须年龄要小，小妖精才叫可爱。还有，妖精要温柔，学识也要适当，上得厅堂下得厨房，出外是淑女，床上是妓女。并且好的妖精要魅。魅，应该是妖的本质，既能似水无形千变万化又可形神兼备点石成金，诱发你的情爱，激发你的潜能。这种魅，唯其少了世俗成分，也要令人心动和不舍。

女记者：你的意思是美女都要不食人间烟火啊哈哈。

李进步：呵呵精辟。妖精的最高境界应该会做老婆。但能有这种福分的女妖是少之又少。因为，美丽和妖性是女人通向天堂的资本，也是她们走向地狱必备的门票。

女记者：女人天生至柔，不可方物，无可厚非。世间最怕的是男人为妖，男人一旦不男不女，那是最令人生厌的事情。对了，听你的高谈阔论我想问你，你绝不仅仅是个生意人吧？

李进步：生意为主，兼做别样，闲来读些杂书。你所标榜的亲历写作，恐怕也不是性之所至或者仅仅为了名利吧？

女记者：就是名利。我最近非常苦恼的是，名利双收并且收获颇丰的男女还能做些什么，比如说你，比如说我。

李进步：简单至极。婚嫁迎娶，繁衍后代，归于平淡。

女记者：你想娶谁？

李进步：你，或者你是首选。

女记者：你太虚伪，我的过去你必不齿。

李进步：明天的太阳总是照样升起，冬去春来也总在轮回交替。忘记过去，对于你我或许并不困难。

女记者：你在给我钥匙，还是要我开你加密的锁？

李进步：NO。给你钥匙，也可以马上换锁，加密的锁假如忘记了密码也可以废掉。我喜欢的，是你的人。

女记者笑了：明明知道你在忽悠，可是我感觉今晚比任何一个夜晚都更加愉快。好吧，拉钩发誓——

这时我加入了他们的谈话。

我说：李老板，你更适合坚持独身。假如非要娶个老婆，那么我劝你去娶广州女人。因为广州美女比较务实，汤汤水水的料理中都能折射出广州女人的特点，她们讲究实惠，从不会把时间和钱花在打扮上，而且更懂得把自己的家收拾得井井有条，让一家人都感到温暖和舒适。她们从不讳言对金钱的需要，但是很少与他人攀比，如果没有钱，即使穿着廉价布料也不会自卑，而且也只有广州女人才能够把廉价衣服穿得像模像样。她们对天下大事小事知之不多，只是想把自己的生活过得有滋有味，所以对她们而言最紧要的两件事是管好老公和管好钱袋。当然，我必须告诉李老板，广州女人有点传统，有点自私，有点守旧，也有点傻气。

酒吧里，《逝去的时光总是难以忘怀》的旋律渐进高潮，雄浑的琴声有如万马奔腾，大河咆哮，而在西风猎猎的呼啸中也有竹箫长吟般的凄凉委婉，小溪回旋，流水潺潺。突然，琴声在乐曲最高潮部分金属碎裂般的一声啸叫，然后戛然而止。

老人希洛克随着琴声的最后一串滑音一头扎倒在钢琴键盘上，然后匍匐着不动了。

所有宾客们怔愣之余回目四顾，只见酒吧大门大开，门口已经齐刷刷地列出了一排武警。武警战士们个个面无表情荷枪实弹，枪刺和钢盔闪烁着灯光幻化的五颜六色。酒吧里鸦雀无声，所有的人也都变成了木偶，不知所措。

这时，绅士轻轻假咳了一声说：刘警长，闲来无恙，今天不是成心来搅局的吧？

刘警长一副斯文的模样，却用极其严肃的口吻说道：讲话的是什么人？你再多嘴，我马上以妨碍警务罪逮捕你。坐下！

绅士像被施了什么魔法，立即原位坐下。

这时，那个一直与两个女孩拥吻探乳的便衣警察正要贴着墙角开溜，却早被斯文的刘警长看在眼里，语气和缓但绝对绵里藏针地说：于警官，请你也坐回原位。

刘警官随之宣布：经由公安及有关部门联合办案，从宣布本决定之时起，维多利亚酒吧立即停止营业，其中经有关部门鉴定，总价值约合730万美元的原属英国皇室的手工制作的钢琴，系查处前纳粹分子的非法所得，应归国家所有，暂原地封存。特此决定。

可是，就在刘警官还未宣布完毕，在场的所有人都发出了惊呼：钢琴呢？钢琴不见了！

当晚，我、绅士、李进步、黑三儿、女记者、那个泡妞的警察、若干宾客与陪侍小姐等，均被拘留审查。但7天之后，除了前来办案的刘警长，我们都被无罪释放。

后来，刘警长因有重大嫌疑私通国外文物走私集团暨严重渎职罪被拘留审查。据后来刘警长口供：那天晚上，他奉命率领30名武警战士，把维多利亚酒吧围了个水泄不通。可是，就在他率领武警战士冲进酒吧屋里的瞬间，老希洛克突然猝死，就在他当众宣读查封酒吧决定的大约一分钟的时间里，那架老式钢琴不翼而飞。随后发生的事情就是一片混乱，黑三儿与李进步立即吵吵嚷嚷，分别说早已交给希洛克 5000 万和 6000 万元人民币，已经买下了这架钢琴。并且，都当场出示了希洛克给他们亲笔写下的收据。

后来，据后来又重新成立的本案专案组透露：这个酒吧摆放钢琴的小型舞台，是个特殊设计的高科技升降平台。舞台沉降后有个秘密通道直达室外街道。经过严密排查，就在出事当晚，有 6 名外籍暂住人员神秘地在哈尔滨失踪，并且长期没有查出他们的去向。但专案组确定，除了国外犯罪集团早有预谋作案，那晚出现在作案现场的中国人中必有内应。

后来，企业破产自杀未遂却已穷困潦倒的李进步与黑三儿分别说，当年聚敛财富得益于酒吧，如今几乎沿街乞讨仍然十分怀念酒吧里充满激情的气氛，无时不在的女人与商机。

后来，在一家残破的酒吧里，我又见到了绅士。绅士永远就是绅士。绅士虽然经过了那件倒霉的事情之后，也走了霉运，与他私交甚深的那位高级首长因换届选举已经隐居北京的西山，不再为任何有过私交的人办事，也不会因任何私事替别人说话，绅士也就没有了原来的风光。加之他近年社会活动过多，荒废了自己专业，而且 IT 业日新月异，绅士经营的产业也是负债累累。但我坚信，他的内在潜质和修炼，已经决定了他不会轻易被社会所弃。

他问我：告诉我实话，你真的没有参与那架钢琴的争夺？

我答他：我所以常去那家酒吧，是我感动于希洛克与玛莎的生死恋情和倾心于那里常去的男女。我在写一本关于当前社会男女性爱情爱的书，事情就这么简单。

我也问他：我始终怀疑你逃过了那次生死一劫，那晚酒吧里发生的一切，是不是你的操纵？

他也答我：人性之初，虽然本善，但也很恶。我的原则是不到万不得已，不是生命与根本利益受到严重侵犯和威胁，万万不要作恶。此生不能积下阳寿，也不要损了阴德。我可以告诉你一个秘密，那天晚上发生的一切，我有全程监控录像，但为了保护包括政治高层的一批人，我不会把录像资料交给警方。原因很简单，这批人也有父母和妻儿老小，而且他们混到今天这种人模狗样，实在不易。但有两点你可以写进你的书里，其一是防贼，理论上讲其实是绝对的防不胜防，比如法国的卢浮宫，可以做到所有的贼可以进来，可以轻易行窃，但是绝对逃不出犯罪现场。而中国的安保措施实在拙劣，不仅可以让贼大大方方地进来，也可以轻而易举地出去。所以，我正在组建一个研发小组，专门研制能够防制包括男女偷情的精密仪器。其二，告诉你一个或许你已经明白了的道理，就是任何时候任何情况下，都不要撒谎。因为，只要你说了一句谎话，就要用第二句第三句谎言去掩盖，最终的结果只能是不能自圆其说。

我说：或许，关于钢琴盗窃案，情寓法内，法在情中，也许你的做法无可厚非，但是关于香儿，你一定说了谎话。

他说：你的所有优点和缺点，都是你小子过于精明。

与绅士见面不久，香儿筹办的酒吧开张典礼。我没有接到邀请，却鬼使神差，不约而至。

那天，香儿穿着一件紧身唐装旗袍，把一个 28 岁女人身体的凸凸凹凹显现得淋漓尽致，再加上她身材高挑纤细，气质矜持优雅，更使她格外妩媚动人。见到香儿我才知道，原来，她所说的一切都是事实，绅士的谎言却全是谎言。不知为什么，香儿所说的一切我都信以为真，所谓贞操带的故事竟是绅士的编造演义和捕风捉影。

她说，她与绅士是大学同学，曾经有过一段然并卵的闪电恋情。香儿与绅士分手时对他说，你还会继续你的猎艳生活，我也会直到新婚之夜才把解开贞操带的钥匙交给值得去爱的那个男人。一句笑谈，却被绅士演义成了那样一段故事。

香儿说，自古以来，女人对于男人都是妻不如妾、妾不如妓、妓不如偷，偷得着还不如偷不着！汉武帝的宠妃李夫人病逝前拒绝皇帝的探视，那时的女人就有了色衰爱弛的论断。香儿也承认，当女人被情爱冲昏头脑的时候，她的智商会大大降低，但人们必须承认的是，人类自从有了婚姻形式和婚姻制度，婚外情的现象就伴随着婚姻一直存在，可以说古已有之，于今为烈。人，表面上生活在现实里，精神却永远被自己的感觉诱惑着。这种诱惑看起来是来自外界，其实是自身潜意识的存在，潜意识的威力巨大无边，不可抗拒。所以，按照萨特存在的就是合理的理论，情人现象当属必然，男女之间的私通也就无法避免。当然，如何对待和处理这一现象那是社会问题，只有参与者和面对者才去思考更加深刻的问题。我只是想通过以上剖析，得出这样的预言：当代伦理、道德和文明为标志的婚姻制度，必将会随着社会发展总会有一天寿终正寝走向消亡。

香儿就是香儿。

面对香儿，我总是无言以对……

Romantic 记忆

题记：

别人怎么看你，其实与你没什么关系；你选择怎样的活法，也与别人没有半毛钱关系。

某年。

1 月 25 日。

他们遭遇了，相爱了。

他年纪大她很多，但是他们说：爱，不需要理由。

偶遇那天下午，他们一起参加一个文化活动。他是受邀嘉宾，她是会务接待人员。晚宴上，主办方特意安排一位有些姿色、浓妆艳抹的女生坐他旁侧。但是他不太喜欢女人的香气，反感女人浓妆艳抹，反而注意到了坐在斜对面一个叫小 G 的女孩儿。她二十四五岁的样子，一米七零左右的身高，装束简朴，胖瘦适中，肤色白皙，虽说颜值不高，貌不出众，却有几分端庄和清秀，属于女人堆里如果你不去刻意寻找就常常被忽略的那种。

宴席上，所有人都在不停地说，喋喋不休地互相表扬与自我表扬，生怕别人忽视了自己的存在。昏黄的灯影下，纷纷下箸之间，他发现全桌的女孩儿几乎全部涂着五颜六色的指甲，唯独小 G 还保持着本色。她过于简朴的穿戴略显有点土气，着白色裙边衣领的头上配着一顶黑色八角矮帽，灰蓝白三色交叉方格的土布呢子短裙上装，黑色毛绒打底裤，脚穿一双高筒黑色绒布长靴，看上去虽然精心搭配出了色彩和谐与简约，服装材质却很廉价。他觉得恰恰是这种廉价，才证明了她的朴素与质朴，尤其她时而有些局促时而又觉得好奇的表情，更透出她全身上下都少有如今社会的污浊之气，显得格外纯朴、端庄和安静。端庄，在他眼里就是不美也不太丑。太丑了，会不忍卒睹，太美的女人又大多不很安分，经不起社会各种诱惑，是给别的男人备份的备胎。他同时认定，大凡长相端庄大气和表里安静的女子必定旺夫。同时，他天性里十分排斥女性张扬、卖弄和刻意梳妆打扮出的娇艳，那是女人审美心理上的一种缺陷。本色美，才是真的美。小 G 的长相一点都不扎眼，但看上去很有劲道，很有味道，很是耐看，经得住细品和端详，令人遐想和猜测，想必是一个外在淳朴、安恬、静谧和富有内在涵养的女孩儿。尤其那双眼睛和眼神，清澈，寡然，含情而无旁骛，凝定而不游离，更加佐证了她淳朴稳重的整体气质。正是这些，已然拉近了他们之间的距离，让他有了与她进一步交往接触的愿望和冲动。

他主动搭讪：小 G 也是 90 后吧？

她认真回答：我 91 年腊月出生，属羊，身份证却写的 92 年，是爸妈给我上户口那天的时间，警察给写错了。

他断定，这是一个不会说谎不善伪装自己的单纯、幼稚的女孩儿。她的回答忒像在接受警察盘问时生怕自己说了谎或做错了什么事。他也听出了她话中有话的潜台词，试图在证明自己已经长大了，成熟了，在努力缩短与在座诸位的年龄差距。中国，实在是一个潜台词极其丰富的国家。

人贵有自知之明。他知道自己老了，而且太老了，已经过了知天命之年。他有过两次婚史并有一儿一女，所以他在遇到小 G 之前给自己确定的日后选择有两个，一是不再婚娶，待生活不能自理那一天就去养老院，或请个保姆，了却一生；二是他对自己人生虽然非常满足，却也渴望美妙的遭遇，假如有一天遇到值得托付的伴侣，也不排除最后一搏，再婚一次。此前，也有很多蓝颜知己诚意相劝，赶紧找个年轻点儿的照顾自己吧，当今时代是物质时代，生存难已经让“80 后”“90 后”的毛头小伙子们失去了养家糊口的资本，所以女孩中流行一句话：赶紧滴，找个大叔嫁了吧。而直觉告诉他，今天遇到小 G 就是机缘就是天意，是他想要遭遇的遭遇。他也自信自己能够得到小 G，因为他懂得，古往今来，当女人遇到生存和生活质量问题时，精神层面的所谓爱情追求大多会让位于前者。所谓物质决定精神。他虽不十分富有，但多年写作积存的资本积累也足以让她过上体面的生活。后来，他对她说，一次偶然的相遇，有时胜过一生的追求。

隔了一天，他一清早就主动约她下午一起参加一个新闻发布活动，晚上再一起出席一位老板朋友久约未至的宴请。小 G 貌似也已心有灵犀，慨然应允，依约而至。见面后，两个人心照不宣，都揣着明白装糊涂。小 G 仍然落落大方，时而幽默一句，也让他没了拘束感和陌生感。活动当中，他作为嘉宾致辞时，注意到了她在台下眼睛里对他欣赏、信任和崇拜的目光，以及目光里掩饰不住的只有当事男女之间才能读懂的倾慕之情。

出席晚宴的途中和晚宴间隙里，他们互相了解到，他与妻子离异三年至今单身，她则读初中时曾经有过初恋但至今也无男友。

他问她：我们有走到一起的可能吗？

她含羞不语。

他又问她：我们会真心相爱吗？我说的是真心。

她仍然不语。

他还问她：我们终归年龄相差太多，你会介意吗？

她避开他目光，沉默许久，悄悄地说：年龄不是障碍吧。

在出席晚宴途中的车里，小 G 还说，她大学时代和走向社会这两年，也不乏异性追求者，但稍加接触就会发现，他们几乎百分百都信誓旦旦认为自己明天就会成为马云，将来给她怎样怎样的美好生活。他们也会玩些送点小礼品之类的小儿科，小把戏，说些只要你需要，我就是出现在你身边的第一个人之类的鬼话，但是他们骨子里透出的轻浮、浅薄和没有担当，只配做个马弁。一看他们今朝有酒今朝醉、明日愁来明日愁的屌丝劲儿，就懂得了他们内心焦虑所致的空虚，知道他们要找的异性不是真心所爱的爱人，只是临时玩伴而已。

那一晚，他放开酒量喝了太多的酒。她有驾照，会开车，送他回家。路上，她一路狂飙，剐蹭了一辆也是超速行驶的轿车。第二天发现，这次剐蹭使他们的车体整体后移了两厘米。她当时非常紧张，窘迫，反复解释她学会开车以后因为没车可开很少上路。他安慰她说，对方没有停下来理论和纠缠，说明对方也知道自己有错，也很通情达理，这就像人生，以心换心、将心比心。

接下来，应该在这个年代发生的事情和不知道应不应该发生的故事，都自然而然和顺理成章地发生了。

爱，两个男女走到一起其实并没有多么复杂，只要王八瞅绿豆对眼了，就像把帽子戴在头上把鞋子穿在脚上那么简单。

2月1日。

同居。初夜。

有些往事，不是来不及忘记，而是永远刻在了心里。

这里有必要交代一下他们初夜的情话，这些情话为他们以后的故事埋下了重要伏笔。初夜，小G最疑惑最关心的是他为什么会选择了她。她问：你身边绝对不缺各种女人，可你，为什么偏偏选择了我？

他知道，她的疑惑是既然她爱了就要找到爱的安全感和心理自信。他答：我身边确实不乏社会公认的比较优秀的女老板、女演员、女职员和诸多追求者，但是，第一，女子无才便是德，我不需要优秀，某种程度上甚至讨厌优秀，如今所有的优秀几乎都无不与风尘有染，我此生不做金钱的奴隶，也将毕生与风尘二字无缘；第二，过去的两任妻子，第一位是酒店经理，离异时是某政府机关房产管理处处长，第二任妻子是电视台节目主持人后来做了杂志社专稿记者，我的婚姻经历告诉我，女人一旦职业化了，我和我的家庭也就摆在了次要位置，被边缘化了。所以说为什么选择你，你懂的。

其实，他内心的真实想法是，他对此前两次婚姻的失败，都归结为男女两人社会地位和经济基础的大致均等，而女人一旦失去了对男人的各种依赖和托付，两个人就很难在庸凡琐碎的生活中找到擎起婚姻家庭这座宫穹的支点。因此，他把两次婚姻失败都归咎于双方经济基础赋予双方的都很强势。这一次，他决心娶一位贫寒女子为妻，拯赤子于豺狼之吻，救美女于水火中，让她一辈子都能感恩，让感恩来维系一个家庭的存在和圆满。他也坚信，人心都是肉长的，只要他对小 G 真心付出，让她摆脱窘境，改变命运，尽心照顾她，用心呵护她，以心交心，以心换心，即使是感化，也会让两颗心融为一体。

当时。当时的情境一点都不婉约，也不浪漫。他们就像期待对方已经很久很久，就像一起生活多年的老夫老妻，没有寒暄，没有羞涩，没有扭捏，没有虚伪，也没有推却，一切都理所当然的自然而然，瓜熟蒂落，水到渠成。当时，与其说他们犹如都在久久地渴望着遭遇对方的话，不如说两个人都感觉到了终于可以相依为命的某种悲壮。亲吻，相拥，铺床，宽衣，洗漱，上床，好似久违重逢，夜露滴荷，点点入微，一切都那么熟悉，一点没有生疏感，距离感。一个鳏居孤独，一直独守漫漫长夜，难得久旱逢甘露，需要陪伴；一个举目无亲、无依无靠、各种艰难困苦的北漂女孩儿，急于有个依靠有个归宿。因此难免烈火干柴，冲动胜于理智，理智又在让位于情欲和情感。

他知道，越有静气的女人就越懂得温柔，一旦与情人独处，她们的孤傲就会变成出奇的温柔，内心的波澜就会涌出一只依人小鸟。小 G 就是那种外表平静而情感丰富的女孩。柔情似水，风情万种。

那一晚，他还对她说过，他历来十分厌恶年轻一代所信奉和推崇的不求一世相守、只要曾经拥有那些鬼话。他说，我们肉体融在一起那一刻起，就已经是这个世界上最亲的亲人。亲生父母把我们养大，已经尽到了我们成人之前的责任和养育之恩，而能够与我们终生相伴、耳鬓厮磨、朝夕相处的，只能是有了肌肤之亲的亲密爱人，由此我极其看重男女之间的肌肤之亲，即使有一天我们无缘相伴相守，你也是我一生中最亲密最难忘的亲人。

此番表白既是他对待人生的一个基本态度，也是他后来十分后悔常常潜意识里把自己装扮成伪君子的一种虚伪。也许就是这句当时违心的话，让她有了可以随时离开他的心理底线，也为他们日后的故事发展埋下了伏笔。

小 G 果然是个温顺乖巧的女孩儿，相识相爱不到一周后的 2 月 1 日，她听从他的旨意，结束了像所有北漂们一样苦苦挣扎却不知归处的日子，辞去了打工所在公司的工作，了结了租住房屋的房租，把随身杂物搬到了他家。他清楚地记得，她那些杂物除了几件价格低廉的衣服和女孩常用的大众化妆品，稍有价值的仅仅一件有形资产和一件无形资产，有形可估价的是她脖子上戴着的一条已经有些斑驳锈迹的金质项链，不可估价也肯定是她喜欢并且肯定已经随她漂泊多年的一只可爱的玩偶，一只毛茸茸的白色小羊。他知道，她属羊。

同居那天，他对她再次表态：我们走到一起纯属偶然，你年龄太小，虽然你总是说年龄不是障碍，但是年龄差距这道障碍也许是我终生都无法逾越的心理障碍，就算是我亏欠你的吧。这是上天恩赐的一次良缘，我必然会以感恩之心自我救赎，真诚报答，真心爱你疼你呵护你，为了改变我们共同的命运我会真心付出。但是，假如，假如日后有那么一天，真有那么一天，你遇到一个真心爱你的同龄人，同代人，我会随时放手，放你离开。

她很感动，她说：我也会真心爱你，珍惜我们的感情。

但是他内心里对自己所说的假如日后怎样怎样的许诺非常后悔，因为他已决定不会离开她了。

那晚，他们在床上紧密相拥频频接吻时，虽然他也想到了19世纪英国伟大的作家、艺术家奥斯卡·王尔德那句名言：人老之后的悲伤不是他身体衰老，而是心还年轻。但是他也坚信，自己身体的所有部件虽在衰老却未丧失起码的机能，起码每年体检时各项健康指标均在正常范围，时代流行的各种老年病、富贵病也与他无缘。况且，小G青春娇嫩的面庞，曲线优美的娇体，极富光泽、弹性和滑腻的肌肤，更是激活了他身体里各种本能，平添了青春的向往与渴望，倍增了此前从未有过的青春活力与激情。

心不老，身就不老。只是遗憾，那一晚小G突然来了大姨妈，他只能用他的肢体语言去欣赏去赞美去爱抚她躯体的优美，用双唇吻遍她全身各个部位，而其他表达爱意的肢体行动竟然全没用上。

六天。大姨妈在她身体里驻足六天，他也坚持煎熬了漫长的六天六夜没有与她ML，即使激情到了顶点小G难以忍耐时，他也能及时刹车熄火，用各种安抚和涓涓细语告诉她生理期卫生对于女人身体的重要，不可以一时冲动而落下终生病患。这一点，也让小 G 十分感慨，感觉到了他对她的珍重、怜惜和疼爱，敬佩他这个人超强自制力的把控，对他刮目相看。

此后，他们开始了近 8 个月耳鬓厮磨的同居生活。

9 月 18 日。

中国抗日战争纪念日。

一晃儿，7 个多月过去了。7 个月后的 9 月 18 日，她离开了他们同居的住房，搬到了他给她安排的自家的另一住处。前提是他们同居两个月之后，他多次规劝她暂时分居一段时间。走前，她给他留了一封笔写的信笺——

XX（直呼其名）：

我没什么文采，书读得也少，写不出华丽的辞藻，但写出来的却是我的心。

家里钥匙给你留下了，这样对你公平些。毕竟我们分开了，你有你的生活，我无权干涉。但我还是感谢你，感谢你给我这半年多的生活、感情和回忆。其实我了解你，你喜欢新鲜感，像个孩子一样不定性。分开也许是对对方负责，也许是你想要得到更多自由的借口，但那些都不重要，至少我爱过你就够了，我也相信你爱过我。

我们也算彼此折磨过，珍惜过，没什么遗憾了。我想告诉你一句和你在一起的初衷，也许是因为物质，但随着时间推移已经衍变成了爱。你信也好，不信也罢，我希望你能记住我，不一样的我，真真切切发自内心对你好的我。

我不在的日子里，愿你安好！

小 G

20××年 9 月 18 日

小 G 确实是个懂事的女孩儿，她即使搬离他们同居的居室到他另一处住房居住，也不忍和害怕他在她搬离的那一刻这个居室又要剩下他孤苦伶仃一个人引起伤感，特意选择了他因公出差不在家里的日子。

在她就要搬离的日子里，她收拾整理她的随身物品和生活用品整整用了 3 天。后来他想，她在收拾装箱这些物品和书写这封信笺时，一定是流着泪水完成的。后来他还想，当时的情境也许恰恰相反，她是怀着满满的收获和喜悦而完成的。因为他清楚地记得，她搬到他们一起居住的住处时仅有六个不大的纸箱，而如今，却已经金银珠宝、各种服装鞋子、名牌化妆用品用具，以及所有随身用品均已焕然一新，满满当当装了大大小小近二十个纸箱。

他说过，你既然选择了我，也就选择了自己命运的改变，我会从里到外，让你焕然一个全新的自我，拥有一个全新的世界。他兑现了自己的承诺。

小G说得对，她最初爱上他也许是为了物质。他也明白，她说的是实话，她做的也没错。物欲满足是人的起码本性，尤其在当今贫富加剧、物欲横流的年代，物欲追求已经成为每个人都在拼命的第一本能。况且，漂在北京，月薪两三千元，即使处处省吃俭用，除去房租也会所剩无几。生存难，已经是这代人最难破解的难题和最大不幸。更何况，在他眼里，小G的简朴装扮已经证明她物欲不是很强，起码贫寒家庭出身的物欲起点很低。她父母均为东北某市国有煤矿下岗职工，目前流落到山东某沿海城市投亲靠友租房给人打工，父亲在市属公交公司开公交汽车，母亲给一家私人药店坐店卖药，原住地仅有的资产也就一套老旧的待卖住房。他判断，家庭背景决定了小G应该不是那种贪得无厌的奢侈女，物质女。因此，在他力所能及的前提下，也真的真心舍得为她花钱。

爱是奉献，更是付出，尤其面对这样一场朽木逢春的老少恋情，他们同居不久他就发现了她与其他“90后”们不同的诸多优点，比如他一直觉得她不爱钱财，或如大多同龄女孩一样的贪婪。她每花一笔钱，都要向他咨询该不该花，即使事前来不及询问，事后也会及时向他通告。正因为如此，他几乎倾其所有来满足她所有的物质需求，力图保住也许就是他人生最后一搏的终身托付，最终成为他已经开始倒计时的人生之旅的最后一次婚姻。

他说，我不是一个有钱人，也不是没钱的人，但我信奉古希腊哲学家亚里士多德的一句名言，世界上一旦没了女人，钱也就没了意义。你已经是我的女人，我必须让你比你的同龄人活得滋润，生活要有质量，让你和你的亲戚朋友们感觉到你随时的开心、幸福和快乐。不到半个月，她从内衣内裤到各种服装到金银首饰再到出门打车不再去挤公交地铁，全身上下、衣食住行已经焕然一新。并且为了她购物方便，他还给了她一张银行卡便于随时消费。

她说，老公，我一直纠结自己鼻梁太低，在女人靠脸吃饭的今天，总是让我一点儿都不自信。开始时，他对她称呼自己老公很不习惯，后来以为也许这就是“90后”新生代的习惯动作或者这就是代沟，也就慢慢习惯成为自然，并且常以老婆称呼她。她提出物质需求时总是特别委婉，那时他还以为这是她诸多优点之一，起码没有赤裸裸地索要，而是貌似有意无意间地流露出来自身修养所特有的含蓄。因此，他毫不犹豫马上应允，马上就去整容医院，把鼻梁垫高，并且把较浅的眼皮切割成了没有任何雕琢痕迹的很自然很漂亮的双眼皮。

整容后的小G果然形象大变，不仅脸蛋儿更加光鲜，气质更加不凡，整个人的精气神都有了质的跨越，为她日后在追求者中择偶增添了更重的砝码。

小G信里说，家里钥匙给你留下了，带走的只是感情和回忆。事实上，暂时分居一段时间，只是他让她搬到他自己名下的另一住处而已，绝非让她就此离家，更不是就此分手，而是他精心设计的对她最后的考验。他真实的目的是，假如她短期内仍然对他忠贞不贰，并有独立自主的生活能力，他会很快与她领证结婚。此前的一个多月里，他一直与她交流她的工作安排和分居一段时间的问题，本意是要她心甘情愿做一名家庭主妇，全职太太，即使他先她走后也会留下足够的遗产，使她后半生衣食无忧。但他更希望她能自食其力，给她留下一项事业，由他投资由她选择开个店铺当个业主做点什么。他知道，她们这一代缺乏的不仅是社会责任，家庭责任，更是欠缺独立生存的本领和自信。他另一处住房也是三居，他为她设计可以出租两居与人合住，不仅可以收些租金以房养房，增加收入，更重要的是让她自己去主掌一个家庭，操练撑起一个家庭的基本技能，锤炼她在当今复杂社会的生存本领，培养她当他晚年之后能够独立自主的各种能力。

但是，她错了。想偏了。她以为他一直要求她出去居住是他要寻求新的刺激，另寻新的女孩儿，是要与她彻底分手。为此，她虽然给了他一把钥匙，却又悄悄换了一把新锁。

他也错了。他当时还误以为，她曾为他开过一扇门，还会为他推开一面窗。他也高估了她对自己煞费苦心考验她的真实目的的判断能力，高估了对她智商情商的深层解析，而他自己的情商智商只有两个字：幼稚。

爱情就是这样，始于欺骗自己，终于欺骗他人。

后来，他在日记中写道：世界上即使真的有忠贞不渝的爱情，也会阴差阳错，只能属于神话里的牛郎和织女。

11 月 11 日。

无脑年轻人的节日。近年商家炒作起来的光棍节。

光棍节那天，亦即小 G 搬出去居住不到两个月的 11 月 11 日。他按照以往惯例，凡是节假日等特殊的日子，他都要给小 G 发数个微信红包，那天他给她发的是 520 元，意为我爱你，但是小 G 却一反常态一直没有接收，而是突然微信他这样的一条信息——

亲爱的。我想跟你说个事儿，你那么聪明估计也猜得到了。有个男孩对我特别好，很照顾我，是我大学一个同学的朋友，已经有一段时间了，我想尝试着和他相处了。我之前一直没说是因为我不舍得开口，舍不得你，因为我心里还有你。可是最近我想了很多，我觉得出于一己私利我要说出来，请你原谅我的自私。虽然我很舍不得你，我也真心地爱过你，但我们早晚还是会走到这一步。你先说也好，我先说也好，都要有一个人先离开。但是无论我在哪儿，你都是我的亲人。我不知道怎么样和你说才能显得不那么难过。对不起，我爱过你，可是我还是很自私地选择了先爱自己。你能原谅我么？

接此信息，他未加犹豫，立刻回了一句：爱没有谁对谁错，没有谁辜负了谁，谁对不起谁，只有谁不珍惜谁。我尊重你的选择。

那是那天中午，他去重庆出差飞机刚刚落地北京。他当时以为，这条微信是她光棍节日这天的恶搞。因为就在他出差前夜的 11 月 6 日，她还回到他们同居的住处，缠缠绵绵、卿卿我我了一夜，还在耳鬓厮磨地谋划他们共同生活的未来，与从前同居时并无二致。此前，她虽然搬到了他另一住房，并很快又去应聘在某公司做前台收发和行政工作，但他们同居的性质未变，她仍然坚持早出晚归，挤地铁坐公交或者偶尔打的，每周回到他们同居的住处同居三至四夜。这期间，他们所谈的话题也越来越加深入，多是老夫少妻结婚后所要面对的种种社会问题，甚至谈到了把她现在居住的房子再装修一下，把她父母和对她十分溺爱的姥姥姥爷接来北京。她爸爸会开汽车可以买辆出租车自己经营，她妈妈在药店售药可以由他们投资开个药店自己经营，结束她们一家人天南海北的两地生活，大家团团圆圆住在一起，尽享天伦之乐。

但是，仅仅五夜过去，情况已经大变。而且小 G 貌似去意已决。紧接着，她又发来一条微信，语气委婉却意愿坚决：

但是我又很舍不得你。所以我只能狠心地不再面对你，不再看见你，就当作什么都不知道，什么都没发生……我也是下了很大决心做的决定，我希望你能明白，能够原谅我的自私和无情。我只是想给自己一个机会，能离开你能有自己生活的机会。我碰到一个还算喜欢的很难，我不想错过所以想尝试着去接触。而且我不是那种轻易地就把自己交给别人的人，如果不是他有地方打动我，做到了，我也不会有这个想法。我只是觉得在你之后遇见一个对我好的很难，我不想错过去，我想给彼此一个机会。因为我们终有一天是要分开的，我从你那里搬出来的那一天我就知道这个道理了。

人不为己，天诛地灭。自私历来是人的本性之一，但是后来让他想象不到的结果是,“90后”的自私简直令人难以置信。

他很不习惯微信上来来往往,感觉就像操作电子仪器在做爱。他拨通了她电话,大意是说对她的真心所爱,真心不舍,说他一定会让她比任何女人都幸福。但她电话里极力回避和不想面对不愿意语言交流,一直闪烁其词,并说电话不方便很快又回了一条微信——

可是我也在这些时间里想清楚了,你给不了我未来,你能给我一个同龄人所拥有的婚姻么?还有家庭么?我们在一起只能是我们两个人封闭的生活。我们毕竟还是差了一块,我要踮起脚,你要低下头,长长久久我们都会累,就像开始分居的时候的结果一样。我不想同样的伤害遭受到两次,我有点怕了。怕你当初跟我分开时说的不想耽误彼此的那些决定。你说的都对,那时候我钻进了死胡同想不通也不想想,冷静了之后我才觉得你说的是对的,你要有自己的空间,我也要有自己的生活了。但是你依旧是我的亲人。我不需要你给我什么,也不需要你留下什么,你需要我的时候我会尽我努力为你做点什么,这是我唯一能承诺的了。毕竟我爱过你,也努力过。

接此微信,他才突然醒悟,小G说得很认真,很有道理,条条在理。小G这是真的要走了。他突然意识到了她最近一系列的反常举动，已经给了他太多的暗示，而他当时对她的这些反常非常麻木，竟然没有一点觉察。

就在小G11月6日早晨上班走后没再回来的前两天，她晚上下班回来竟然买了一束白色鲜花，他当时忙着给她做饭也没在意，今天想起来这是她在含蓄地表达着让他记住自己的纯洁的一种暗示。6日前四天，她整整在家宅了一天，本来晚上说好第二天下午一起去搓澡她也不去，常常一个人坐在沙发上发呆，这也许是她在构思怎么离去或者在思念那个她说的或有或无的男孩。再往前推溯可以联想到她把一个干净的浅绿色乳罩放在客厅沙发上一直没动，这也许是她早已构思的给他留下的这段情分的某种纪念。他还猛然想起她在离别的最后一个早晨，他有早醒的习惯，而且起床前两个人必须亲昵一会儿，但是那天早晨她却推开了他拥抱她的手匆匆而起，他因此闷闷不乐，每天她出门前的一个拥抱他也没到门口去送，而她却主动来到他书房亲吻了一下他的面颊，说，亲爱的，拜拜。直到他出差这几天，每天都微信告诉她每天都在做些什么，她回的微信也只是知道了这么简单一句。而今天早晨，他也记得今天是光棍节，用微信红包发给她520元红包，她也一直没有接收。看来，小G是真的要与他拜拜了。

人往往如此，他们苦苦追求的往往是没有得到的，他们所珍惜的，往往又在即将失去和已经失去之后才会懂得那是多么可贵，多么值得珍惜。小 G 没错，她说的没错，做的也在情在理，但是人不如故，衣不如新，此时此刻，他心里满满的都是她的好，他想做的是无论如何不能失去她。此后的日日夜夜，他寝食难安，一直沉浸在他们在一起的回忆中而不能自拔……

2 月 8 日。

时间回溯到他们同居第 7 天，农历腊月二十，是小 G 的 24 岁生日。

爱情之所以罗曼蒂克，是它有种种无法预测的可能，是相爱双方时时刻刻都在制造着种种温馨，种种交融、疼爱、付出、体贴和依附。那一天的前一天，他带她一起去买了生日礼物，一个最新款卡西欧自拍神器和一枚手铐粗细的纯金手镯，暗指他将把她牢牢地铐在这个家里，终生相伴，永不分离。生日那天，他们一起去买了鲜花，一起选购了生日蛋糕和蜡烛，一起打扫房间，一起换了崭新的床单、被罩和枕套，晚上一起下厨并由他掌勺做了她喜欢吃的红烧肉、糖醋鲫鱼、黄瓜粉丝拌凉菜和她最喜欢吃的鸡蛋炒西红柿四个主菜，一起喝了保存多年的法国南部波尔多地区某著名酒庄的红葡萄酒。她显然被他这些举动感动了，她一改往日的缄默、沉静，眼里时时闪动着感动的泪花，吃饭时特意换了一件新买的粉红色睡衣，话也比平时多了很多。

那天，他们多次长时间拥吻。每一次拥吻都会双唇紧扣，两舌缠绕，情至深处，并在两个人的短吁长吟中欲醉欲仙，欲罢不能，欲舍还取。她下颌骨关节或有天生的齿合障碍，当她嘴巴张到最大并吐出长长的嫩舌时都会有咯噔咯噔的声响，而这个时刻也是他们最冲动和最陶醉的时刻。他发现，他们接吻时她格外喜欢他的手轻轻抚摸她的后背、乳房和满头秀发，而每当此时她都会浑身瘫软、情不自禁地从心底里发出如醉如痴的长长的呻吟。

那天，他有点醉了，话也有点多。核心话题仍是如何面对老少恋问题，话题切入是人生四件大事，生、老、病、死。他说，到了我这把年纪，生命对于我，已经与生无关。比如刚才，我说某个熟人走了，你马上想到的是这个人是不是又跳槽了，又升职了，或者又漂到另一个城市了，可我要表达的却是这个人已经不在这个世界了，永远也回不来了。这就是年龄差距，就是代沟。所以说，我与你不同，我终归已经过了知天命之年，生命已经进入倒计时，这是不可抗拒的自然规律。如果说人生有生、老、病、死四个阶段，如今我剩下的只有老、病和死三个阶段。假设没有意外，就我目前身体状况，活到80岁、90岁的话，也只能陪你20年、30年，而且病和死的后10年也许就是你来照顾我……

不待他说完，小G就急奔过来一手捂住他嘴一手搂着他脖子，动情地说：不许你这么悲观，不许你胡说八道！这时，她眼里已经含着泪光，她说：其实每个人从出生那天起就在面对死亡，每个人的生命也确实有他的长度，但是我们不能总是活在死亡的阴影里，应该活在当下，拥抱今天，注重生命的宽度和厚度。我们今生有缘相遇，而且你已经让我的命运有了改变，让我过上了有质量有品位的生活，这就是生命的厚度和宽度，也是年龄差异上的一种公平。只要我们真心相亲相爱，朝朝暮暮相随相伴，即使按你说的你可以陪伴我照顾我20年、30年，而我，只能照顾你10年，我也是赚了，值了。

其实，从他们相遇相爱那天起，他潜意识里就有一种悖反伦理伦常的罪恶感，尤其当他拥抱着她接吻、亲昵、爱抚甚至做爱的时候，这种罪恶感就会不自觉地从脑海里闪过。她，终究比自己的女儿年纪还小，因此他内心一直纠结在该不该爱、能不能爱的矛盾之中，一直做不到如她一样的果断、洒脱、进退自如和义无反顾，所以一直不间断地、时不时地向她传递着十分纠结十分自卑的负能量心理信息。但是他内心里真实的呼唤，真正的渴望和期待，就是她此番令他得以宽慰的可以免罪的表态。

那一天，她生日蛋糕上插着两支红色蜡烛数字：18。这是他们购买蛋糕时她特意选定的，象征着他们的年龄永远年轻，她们的爱情永远驻足 18 岁。

他们共同击掌哼唱了祝你生日快乐那首歌，她闭着眼睛默默在心里许下夙愿。许了什么，他没问，她也没说，但他从她睁开眼睛凝神望着他那幸福的眼神里已经明白，一定是祝愿他俩的爱情甜甜蜜蜜白头偕老。

那一天，恰好是他们同居一周。

接下来的日子，他们一直相濡以沫，如胶似漆，甚至有点相敬如宾。他清楚地记得，他们的日子是从家的味道和家的温馨开始的。此前，他一个人守着几间只有家具摆设没有一点生机的屋子，每两周请小时工打扫一次灰尘，每周洗涮一次餐具、厨具和锅碗瓢盆，也保持不了几天的整洁，仍然污迹满地，处处灰尘，脏衣服、臭袜子随处可见，即使常看的电视机、常用的电脑，屏幕上也是厚厚的灰尘。她来之后，两周时间，腾腾挪挪、洗洗涮涮、擦擦抹抹，客厅、书房、卧室、厨房、门厅、走廊等里里外外、犄角旮旯全都焕然一新，让他重新有了家的舒适、安恬和温暖。他是一个极其看重家庭的人，在他眼里，只有安居才能乐业。家，不仅是男人乏累休息的港湾，出发再出发的充电宝，也是所有人所以活着的重要载体，尽享生活乐趣的草坪花园，庇护灵魂漂泊的安全居所和存放地。

小G果然是个善良的女孩儿，也是个细心的女孩儿。她的善良是她懂得只要去爱就要无私，就要付出自己身心的全部。她知道他很累，每天要去坐班，业余时间还坚持写作，因此她竭尽主妇之道营造家的温暖。首先，她把他多年来存放杂乱的各季服装和内衣外衣进行了彻底清理，洗净熨烫之后分门别类地折叠整齐，存放和悬挂得井井有条。并且，她坚持每天看天气预报，嘘寒问暖，提醒他第二天穿哪件衣服，哪双鞋子，坚持每周至少购买两束鲜花，让家里溢满花香和充满生机，坚持要他每两天换洗一次内衣内裤和袜子，每周换洗不同色彩的衬衣两次，而且每次换洗时当晚就把洗好熨烫过的衣裤放在他床头柜上，便于他早起穿戴。小G不会做饭，只会西红柿炒鸡蛋。刚开始时每天由她买菜，由他做菜，她来淘米做米饭，后来她总是拿着手机进厨房，按照网上的菜谱学会了做出很多花样的各种菜饭。他心里明白，小G终归是“90后”，她这般年纪就能够如此这般，足以看出她与同龄人的巨大差异，这在当今时代实在难能可贵，说明这是对他的在意，对他的疼爱，对他们爱情的珍重、倾注和用心。

爱是体贴，爱是细节，爱是心有灵犀的点点滴滴。由于她不上班，日子几乎是周而复始。每天清晨，为了躲开路上堵车，他养成了多年来坚持每天六点起床的习惯，洗漱、早餐和自驾开车，七点左右到达办公室，可以写作小说、剧本或处理案头办公文字两个小时，九点上班了开始开门办公。而她与其他年轻人一样，习惯晚睡晚起，他每天起床的时候，正是她酣睡之时，于是他起床也是小心翼翼，尽量不出任何声响而惊动她的梦乡。起床前，他会深情地轻轻吻一下她的后背或双肩，临走前，要走近她的床头轻轻吻一下她双唇、面颊或额头，算作新的一天的开始。慢慢的，这已成为每天的必修功课，一直坚持到他们分开。他严重失眠，几乎每晚都靠药物催眠，而他常吃的舒乐安定是处方药，控制很严，即使出示本人身份证也只能每次开药 20 片，为此小 G 每个月都要步行几公里去几家医院为他买药，即使盛夏三十几度的酷热也从未中断。小 G 为了适应他的生活规律，也改掉了晚睡晚起的习惯，改掉了每晚追看韩剧、综艺节目之类的习惯，坚持每天与他同步作息，晚上九点半洗漱，十点左右上床。偶尔有她喜欢的明星出场的搞笑类节目，他也会体谅她的感受，劝她去看电视节目他自己先睡，即便如此，她也坚持陪伴他睡熟了之后再悄悄起来去看电视。他们互相惦记最多的是吃饭，几乎每天中午或晚上都要微信或通话联系一两次，即使他出国或出差都要交代她不要省钱，要吃最喜欢吃的，有时互发图片告诉对方自己在吃什么。日常生活最让他难以忘怀的是举案齐眉、相敬如宾，无论长别还是短离，一天两天五天八天，哪怕仅仅分开一个小时，甚至几分钟，走进家门首先要做的就是互相紧紧地拥抱，哪怕一个在看电视一个要去休息，一个在忙家务一个要去做些别的，也要向对方打个招呼并互相一个轻轻的拥吻。尤其他每次出差或出国，他总是全机舱里所有旅客中第一个悄悄打开手机的人，不顾乘务员警告悄悄发出一条短信或微信：亲爱的，已安全落地，平安抵达，勿念！

他还给她规定了一条严格纪律，就是不要轻易去挤公交地铁，这不是家里缺不缺那几个钱的问题，是生活要有质量，不要她再受任何委屈。

时间久了，这些小布尔乔亚式的各种腻爱、牵挂和惦记，已经是必须完成的作业，已经成了他们各自身体和心中一个水乳交融不可缺失的共同部分。

如今，小 G 却说她又有了一个他，又有了一个对她不错的男孩，并称这个男孩打动了她，为她做到了。他当时顾不上去想这个男孩到底是有是无，潜意识里认准了这个世界上不会再有任何一个对她如此在意的男人第二，质疑自己还有哪里对她不够在意不够好，痛恨和后悔不该借口让她搬出去居住一段时间，他眼下唯一能做的，就是竭力挽回她就要飞走或者已经飞走的心。于是他电话和微信里坚持面谈并反复追问那个男孩靠谱吗，他会给你幸福吗，你们同居了吗，你真的抛弃我放弃我能给你的有品质的稳定生活了吗，她以正在上班说话不便搪塞，然后就是微信，并且来回连续四条：

与你在一起的时候我与他不是很熟，没见过几次。我们是有缘分，但是已经走到这里，我不想放下你，但我不得不放下。我们总有一天会分开，因为我没办法承受最后剩下我一个人。我在乎你，我当你是我的亲人。我爱过你，我觉得这就够了。你别这样，别让我担心，我也很为难，但是我不得不做选择。

我是在地铁上给你写信，好不好等我到公司给你回电话吧。我在你的这个住处是和我闺蜜住的，大家都有自己的生活空间，我也没有急到那么快就找人一起住的地步。你信也好不信也好，如果你觉得我就是那样随便的人，我也不说什么。你的房子我会搬出去，尽快处理好，钥匙还给你，不占用你的空间。

我并没有抛弃你，我当你是亲人。你当初说让我离开的时候那么坚定地说是为我好，现在也是为我好，其实我都知道。你对我好你照顾我，我都知道，我只是想我们该有各自的将来，毕竟我们不能在一起一辈子，你给不了我家庭生活和未来，我们之前在一起的时候就已经认证了这件事情了。我不是要永远离开你，我是想我们都该有更好的空间。我还会回去并没有抛弃你，我只是想尝试一下同龄人的感情生活而已。我也并没有跟他怎么样，我还是和我闺蜜在一起住，你信不信我都是那样。

你给我点时间别这样，我现在真的是一团乱。我们公司这几天也很忙，事情特多，没精力了。我们都冷静一下好么？

11 月 15 日。

他一直苦苦哀求她能够回家，哪怕最后一次，回到他们同居过的家。

一天。两天。三天。四天过去，他做不到冷静。从 11 日她微信提出分手，他几乎连续三天吃不下睡不着，思与行只有两件事一个念头，一是反复翻看他们在一起时的照片，回忆他们过去的点点滴滴；二是反复重走他们曾经一起走过的每一条大街小巷，曾经肩挨肩、手拉手一起走过的所有街衢道路。她爱吃西瓜和草莓，他们每周都要手拉着手去附近水果超市去买这些水果。她为了省钱，还办了一张这家超市的打折卡。有一次他们手拉手引起诸多路人投来嫉羡的目光，他说，两个相爱的人长得都美，也是对社会的一种贡献，她虽然嘴说你真的比我还要自恋，但心里却美滋滋的竟然走路都欢快地蹦蹦跳跳起来。

如此，越是回忆他们在一起时的美好，越是痛不欲生，越是坚定了他一个念头：不能失去她，他的未来不能没有她。

大凡失恋的人往往如此，当他们和她们把自己全部情感桎梏在一个死胡同时，哪怕前方见到一点光亮都会认定那里一定就是面朝大海，春暖花开。他每天与她电话和微信，用语言和照片，向她提示他们在一起时的美好幸福，促使她旧情复燃，哀求她能够回来一次，哪怕仅仅一次，哪怕真的分手也该最后见一面谈一谈。也许是他第一次对她有如一个幼儿向父母讨要一支冰棒一样的乞求打动了她，她勉强答应了后天（15 日）下班后回来一次。他听后欣喜若狂，只要她能回来，只要她答应见面，他就还有机会。他立即去首饰商店，买了一只鸽子蛋红宝石钻戒，在大众点评订购了 999 朵一束的玫瑰鲜花，订了 999 只杯式蜡烛，他要在燃满心字形蜡烛的心形中间向她跪地求婚。

但是，在爱情面前谁都不是编剧，因为你真的不知道剧情会在下一秒发生怎样的反转。下午，当他在超市里采购鸡鱼蛋肉和各种蔬菜快要装满购物车，准备丰盛晚餐的时候，小 G 的微信来了：

我考虑了好多好久还是决定不过去你那儿了，我们都冷静一段时间，我觉得我还是想接触一种新的生活。虽然我还在意着你，所以我不敢见你，也害怕见你，给我们一些时间都冷静一下好么……我很希望有个人可以像我对你一样的照顾你，也希望你能照顾好自己，别再让我担心。房子我找到合适的了，我会尽快搬走……实在对不起，让你失望了。希望我们以后都能好好的。爱过你。

他看到微信立即拨通她的电话，情绪已经失控，完全变成了一个粗人俗人，说了些平时肯定难以出口的粗俗庸俗话语。她电话里并未恶言相对，只是强调工作太忙回不来之类，却马上来往了若干微信：

我不回去了，感觉现在的你是完全陌生的你。如果你真的要怎样的话也随你去了，反正我也什么都没有，就当是为咱俩的感情的付出吧！

你能不说得这么难听么，我们分开和任何人都没有关系，只是我想通了。我们之间是有过裂痕的，我也不想招之即来挥之即去，你让我走我就走让我回我就回，就算不在北京我会回青岛。

我从来没有欺骗你，我也没有逃避。我该说的都已经说清楚了，如果你一定要这么不理智或者一定要让我怎样的话。我也没办法。你一直都这样，总觉得你就是对的，所有事情最后都要以你为主。当初你让我走的时候我没有纠缠，我希望你也能做到，不然我们就白白在一起一场。

我只能说对不起，我感激你给我的一切，你给我的钱我可以还给你，但我希望你可以不要说这么伤人的话，毕竟我们在一起过，我也真心地爱过，也努力过，也想跟你有共同的一切。走到这一步我也很心痛，但我真的希望你能理解，每个人都有追求不同人生的权利，曾经我那么卑微地挽留过你，我希望你还能念及我们的感情，给彼此留一些美好的东西。我从没想过伤害你，我也并不是因为谁抛弃了你，我只是想通了，想通既然终究要分开，所以才这么坚决地离开。对不起，我真的不想伤害你。

我说过了，曾经我想过好好的，甚至想和你结婚。但是曾经的你并不想，你已经错过那个特别想和你在一起的我了。

微信交谈从下午直到深夜。

那晚，他做了一桌子她喜欢吃的菜品，收集了她在这个居所留下的一切物品。一件蓝绿色乳罩，一串108颗的佛珠，四本旅游时的纪念册，数张她与爸爸妈妈姥姥姥爷合影的照片，端午节时他们一起买的五彩线、香荷包、招财进宝木制组合挂件，还有摆放在电视机前的那只随她多年的白色毛绒小羊玩偶。他把这些物件摆放在餐桌对面她常坐的椅子面前，也把他昨天买的一大束鲜花与鸽子蛋宝石钻戒放在了那把空空的椅子面前，用两只高脚酒杯斟了红酒。他与另一只没人端起的酒杯碰了杯，当带有很长回音的玻璃杯碰响的那一刻，两行清泪也任性地慢慢流过他的嘴角，滴在碗里。同时，那把剔骨之痛的尖刀也在一剜一剜地扎进他的骨髓。他不懂，女人一旦变心，心竟如此坚硬。

她微信里反复提到她对他们的爱情也曾努力过，互相折磨过、伤害过，也曾卑微地挽留过，有过裂痕。但他并未在意，那只是一段一个女孩插足但什么都没发生，也绝无可能发生任何故事的一段插曲，是她的错觉和误解误判。而此事对他来说，则稀松平常。也许这个时代真的就是钻石王老五特别受宠的年代，也许是他真的有些吸引招惹女孩的气场和魅力，隔三差五就会有暗恋许久或一见钟情向他示爱而被他拒绝的年轻女孩儿。他天性里就不是一个没有道德底线的男人，即使对方相貌或某些方面令他心动，他也会瞻前顾后、长远考虑、全面衡量之后而断然拒绝。他坚信自己不是招蜂引蝶的浅薄者轻浮者，也绝对不是一个不负责任、始乱终弃的烂人。小 G 说的这段插曲是指六七月份，他们同居四五个月之后，他创作的一部电影剧本启动拍摄，导演是美国留学回来的一个女孩儿，也是“90 后”，接触几次之后他就感觉到了她对他的敬慕与崇拜，她与他微信往来中也表达了倾慕暧昧之意之情。但是，这个导演知道他有女友，初次见面吃饭时也是他带着小 G 一起参加的，只是这个导演女孩和小 G 都不知道，他心中已经确定和认定了小 G 就是陪伴他终生的人，值得托付的人。那个时候，或许小 G 也下了决心要嫁给他，与他相依为命，因此夜里常常偷看他的手机，翻查到这个导演女孩与他微信交往，相约某日上午来他办公室继续切磋剧本，她也跟踪到了他的单位。那天，谈完剧本后导演女孩还坚持与他一起出去午餐喝茶，他谎说下午还有公事要办只能一起吃点盒饭，结果他出门时竟然发现小 G 也在门旁走廊一端等他。他立即返回办公室支走了那个导演女孩，立即提前下班打车带小 G 回家。

回家之后，小 G 哭了，哭得很伤心，仿佛他真的就要抛弃了她。他也哭了，被她对他们爱情的忠贞和真诚所感动。那天，她说的最纯朴最发自内心的一句话是：我和她，总得有个先来后到吧。意思是说，她先于那个女孩导演爱上的他。他说，你虽然不是最先到的，但你必须相信，你一定是最后的一个。

那一天那一次，他最为感动的是小 G 对他的忠贞，他以为，身体和心的忠诚是男女相伴最起码的基础，其他都是其次。

此后，他辞掉了那个女孩导演拍摄他的电影，基本断绝了来往。她也抓紧了一个家庭主妇所该具备的基本常识的学习，包括根据网上菜谱学习做菜。同时，他也加快了构思已久的最后一次考验他们爱情是否牢固的步伐，请她去他另一处闲置多年的住房居住，分居一个月两个月三个月，如果她这段时间仍能一如既往经得住社会种种诱惑，而不移情别恋，而不节外生枝，他便与她领证结婚，把她现在所居住的房子装修成他们永久定居的新房。

如今，小 G 总是翻出这笔旧账来清算，他除了解释当时自己并未有任何移情的念头和言行举动，只能反复表达对她的不舍，对她的痴情和不能放弃。

11 月 26 日。

感恩节。

爱情的能量实在巨大，它不仅可以击垮你的尊严，让你威风扫地，颜面无光，更可以摧毁和粉碎你的智商和理智。

小 G 从 11 月 6 日离家，到 26 日感恩节二十天过去，她始终坚持不见一面。他的体重已经由 76 公斤降到 69 公斤，整个人瘦了一圈。万般无奈，他只能屈尊下就，家丑外扬，将此情况通报给几个知己弟兄。几个兄弟姐妹也竭尽全力从旁观者的角度证明他们的大哥是一个重情义、有担当、有责任感的值得托付终身的男人，甚至一个正在英国伦敦举办电影节的主席兄弟都打回越洋电话，试图劝说她回心转意，不要一时冲动，一次偶然的错过很可能就是终生痛悔。其中一个与她有微信联系的小妹，在微信里与她聊天多日，但这一切都无济于事。有朋友甚至给他出主意，完全可以在她下班的时候开车去她公司楼下等她，强行把她拉上车，接回家，只要她能回家，就可以起死回生，峰回路转，柳暗花明。当然，他不可能这么做，他不可能在众目睽睽之下这么做，况且小 G 在此前微信里说过，她的心已经不在，即使回了家也只是她身体的一具躯壳而已。

于是，他网络上求救“度娘”百度到她所在公司的地址，决定以感恩节的借口和感恩的名义到她公司见她一面。尽管他历来十分讨厌东方人去过与东方人没有半毛钱关系的西方节日，因为所有西方节日包括圣诞节、情人节、愚人节之类已经在中国被商人们炒作得充满了铜臭气，但是那天，他仍然推掉了诸多公务，不要司机开车，自己一个人一大早就打车去苹果专卖店，为她买了一块苹果最新款的腕式（Apple）Watch。

去公司之前，他做了很多功课。包括跟她说些什么怎么说，包括去之前不跟她打任何招呼，以防她以不在公司为借口不与他见面。当他突然出现在她面前时她很错愕，很惊诧，很慌乱，后来她说当时生怕他失去理智，当众吵吵闹闹惹得大家难堪。他想，她实在是太不了解他了，他骨子里是一个把自己的尊严、口碑和体面看得比生命还要重要的人。

他见到她时尽量显得不要颓废且不失风度，也尽量语气平和地说，今天是感恩节，谢谢你以前对我的陪伴，并递上礼物。

她神情紧张地接过装有苹果腕式（Apple）Watch 的袋子，说了声谢谢马上领他出门来到防火通道楼梯间里，满脸通红语无伦次问这问那说了些你怎么来了、开车来的还是打车来的等无关紧要的话。他则直奔主题，问她，那个他是谁？他对你好吗？

她仍然紧张慌乱地回答，他是我大学同学，对我很好，毕业后我们也没有见过几次，他现在还在上学。

他不想再听她前后矛盾、语无伦次的表白了，说了声小G，我们回家吧，我们马上结婚，我会对你更好。说着，他突然搂过她抱住她，她没有拒绝，也用双手抱住他。他抱着她，又一次感觉到了他非常熟悉的她身体的温度，她身体的柔软，他熟悉的气息和味道。他们默默无语地搂抱着，谁都不说什么。许久，他才说，亲爱的，你已经折磨得我吃不下睡不着瘦了20多斤，我无论如何也放不下你，无论他对你多好，我一定比他对你更好，宝贝儿乖，我们回家吧。说着，他就要吻她。她却把脸强扭到一旁，叫着他的名字说，别这样，我真的不能，也做不到同时跟两个男人好，那不成了卖身了吗？他听后一愣，慢慢松开了搂抱着她的双手，愕然地望住她，自言自语呢喃出一个字：卖？……

他突然对她有了一种从未有过的陌生。人面虽相对，心却在天涯，云卷如丝，恍若梦幻，脑海中仿佛出现了一缕时隐时现的蓝色光束，突然间停电了，眼前一片漆黑。他好像睡梦一样，只感觉双膝一软跪下乞求她能够回家。她抚摸着他的头冷冰冰地告诉他，已经来不及了，回不去了。他虽然内心里困兽般地哀嚎着，挣扎着，可还是对她苦笑了一下，说，那，你再好好想想吧，也许我这一辈子也放不下你。他事后回想，那时的笑一定比哭还要狰狞，还要难看。

他恍恍惚惚离开她走出下楼的电梯时接到她的电话，嗔怪他这么远的路没必要跑来看她，叮嘱他外面天气太冷一定在楼里打个滴滴再出门。接下来，她给他的回复又是微信。所有答复除了微信，还是微信。该死的微信。不死的微信。

你说的这些对我的在意对我的好，我都记得，我都不会忘，我会收好这些回忆。这都是你给我的好。但你要明白我们分开并不是因为谁，而是因为我们迟早有一天会分开。是我明白了我们的感情是难以被我的亲朋好友所接受的，也是我胆小是我没勇气，所以我退出了……我只能说抱歉。我爱过你，不后悔。我记得你的所有，记得我们的难过和美好，然后走一段新的路。

你还是没明白么，我们已经过去了。我们曾经是情侣，现在分开了。我和你在一起的时候没欺骗没隐瞒没背叛，我问心无愧。是缘分到了，我还是希望我们能各自都好。

但他，仍不死心。

人往往如此，即使濒临死亡了也会在弥留之际对生抱有无限期待。感恩节那天看望她之后的多日里，他一直与她不断地微信联系。她和她的闺蜜还住着他安排的房子，他认为只要她还在住着他的房子，事情就还有挽回余地。这是他仅有的一线生机。他也特别关心她是否与那个男孩同居了。即使同居了他也坚信这些年轻人也已没了成家立业、养家糊口的社会环境，已经被严重边缘，一年的薪水即使不吃不喝也买不下一平方米的住房，他们的所谓恋情也只能是发泄无奈的一时冲动，玩儿些小情趣，小儿科，小把戏，嬉戏追逐，打打闹闹，游戏人生，必然短命，自信除了自己谁也给不了她更好的幸福归宿。他要等着她。

12 月 3 日，他微信告诉她，提出晚上要去她居所住处再次当面乞求她能回来，起码再深入交谈一次，即使分手了也会等她。小 G 回了这样的两条微信：

对不起，让你失望了，你别等我了，找个合适的。我不值得你这样，我们已经过去了，让过去记在我们心里吧。我和闺蜜住的你的房子你别去了，我已经把东西都搬出来了。对不起，没跟你说，因为我闺蜜的工作稍远，她看见了合适的然后我们俩就定了下来，之前我没时间，公司加班都是她弄的，所以我会改天把钥匙寄给你……对不起，原谅我不告而别吧。

我和他在一起了，但不是你想的那种在一起了，我和我闺蜜一起住。我们分手不是因为谁，就算没有谁我们终究也会分开，我从家里搬出来接触了外面的世界，才明白好多，从前只想和你待在屋子里，就算出去也是你的圈子，谁都不管我。现在我想要找属于我自己的圈子了，你的这处房子你不用换锁了。我没带他去过那边，钥匙我也会还给你。我和我闺蜜在那边住的两个月很爱惜房子，所以你不用觉得房间脏，我们只是换个上班近一点的位置。所以我希望的还是我最开始的那句话照顾好自己，祝福彼此。

接着，12 月 6 日，他接到了她的快递，是她居住的他另一处居所的一串钥匙和她一封亲笔写的信笺。

亲爱的：

请原谅我如此自私，说走就走，不告而别。如果我现在不决心离开，我真的怕我以后没有勇气走了。每当我想起你，我也很难过。你的好，你的关心，当然也有你的不讲道理，醉酒发疯。但无论是好还是坏，都是我们的曾经，我都记得。我希望你能明白，我离开并不是因为我见异思迁，像你当初让我离开，也不是因为谁一样的。我们只是想去找寻另外一种生活而已，我希望你能原谅我。你可以骂我，可以恨我，但你不能否定我曾经为你做的一切。你不能说我没有努力过，我曾经是那么坚定地想和你在一起，可惜阴差阳错，导致我们都错过了最后的时间。我现在不敢去想你，更不敢见你，我怕我所有的坚持都崩溃。所以我只能逃避。我不是个善良的人，也不值得你对我好。我依旧当你是我的亲人，但请你原谅，我不能再给你陪伴，只愿你能找到一个照顾你、安慰你、陪伴你长久的伴侣。爱过你，我不后悔。你一定好好照顾自己，按时吃饭，注意身体，别再想起我这个恶人，我不值得你想。

对不起。爱你。但为了我自己的以后，我选择了另一条路，我不会回头，但你永远都是我的亲人，至亲的爱人。我也不会在北京了，想回家了，如果真的离开，我会告诉你的。

勿念！

小 G

2015 年 12 月 6 日

12 月 25 日。

圣诞节。

仍然是年轻人的节日。平安夜，圣诞夜，狂欢夜。他选择了平安夜，亦即年轻人称之为白色情人节的上午，他又忍不住去她公司看她。

这一次，他仅仅给她带去了圣诞礼物，一盒精致刻字“你是我的唯一”的圣诞巧克力，一只布制的圣诞老人戴着红帽子的玩偶，一只象征着一辈子的最新科技保健钢化杯。她对他礼貌客气了一番，反复叮嘱他注意身体，照顾好自己，承诺还会像以前一样定时去医院给他开安眠药物。他只是在对话中验证了一点，她是真的去意已决。她微信里曾说他对她有过伤害，曾说替代他的那个男孩儿是她大学同学的一个朋友，这次又改口是她大学同学，在读外语准备出国。这些也许都是假的，借口而已。最终，还是没能抵御得住亲朋好友对她隔代恋、老夫少妻的不支持所带给她的巨大压力，年龄差距的心理障碍和纠结击垮了她的自我决断。正如她曾经说过的，她是他窖藏不住的酒，他则是她拥抱不住的风。

分别时，她坚持送他到电梯门口。挥手告别的一刹那，他强忍悲痛，把涌出眼睑的咸咸的泪水咽进了心底。

后来，他仍与她微信联系。也许由于他的死缠烂打，不知何故，她2016年元旦前请假将近十天没到公司上班。再后来，他有一天醉酒之后胡言乱语深深伤害了她，她果断地把他微信拉黑。她最后的微信说——

你做什么我都可以接受，因为毕竟是我伤害你了。但我希望你明白，当初你伤害我的时候我也并没有说什么做什么。人与人是相互的。还是那一句，当初我努力过，我想过和你好好的，可是你没给我机会，我承认，我也没有背叛过你，甚至连在一起的时候我的世界都只有你一个。你曾经离开过，曾经把我推开过。分开的这段时间我见了好多人想通了好多事情，我们真的不是一个世界的。你不能陪我到以后，我还是要有普通人的生活，就算我什么都没有。

我没有忘记我的承诺，也没有没有良心，我只是说我们现在需要一段时间冷静，不想在眼前这种情况下一定要给双方一个说法。毕竟现在都说不清楚，我唯一能说的就是我现在想清楚了，也明白你当初说的分开是对大家好。我知道你也许接受不了或者你有其他的想法，但我们已经走到这步，也没办法回头了。我还是当初那句话，我没忘记我说的话，也当你是亲人。但现在这种情况我们还是不要见面的好，因为我怕大家都不理智。如果我伤害到你了那我真的抱歉，对不起，我不想伤害任何人，我只是想走自己的路了。对不起，让你失望了。

尽人事，听天命。他给她回复的最后一条信息是 QQ。他写道：我们的曾经已经让你的生活品位和品质回不到他们当中，回不到你原来的起点，你不属于他们。我也不会再有别的女人，不会爱上她们，不会再去伤害。我等着你！

她没有回应。不久，QQ 也被她拉黑。

至此。人已至此，事已至此，话已至此。按照常理，一切都过去了，该翻篇儿了。但是他还在走火入魔，仍然以为他们相处虽短，相互间却没有虚伪，没有欺骗，没有隐瞒，没有玩弄，绝非游戏，一切都苍天可鉴，是心与心、真与真、爱与爱的赤诚交融，这在当今污浊不堪的社会里绝对难能可贵。他也十分担心，当今社会已经越来越像是一个险恶的江湖，污浊的泥潭，混沌的染缸。他深谙她的纯洁，她的善良，她的单纯，她的柔弱，一旦离开他真心的庇荫、陪伴与呵护，根本就抵御不了种种危险和困境。他因此不舍，不服，不甘，也因此坚信她早晚会有醒悟的一天，会有破镜重圆的一天。

为此，他有病乱投医，也是醉了。他接受一个朋友主动为他请到的一位易经大师的指点，把小 G 留下的乳罩和照片放在她曾睡过的床下，居所正北方放一盆清水，东北方放一张小 G 生活照，下面也放一盆清水，每天清晨对着照片呼唤她的名字要她回来，每次呼唤六次以上，每天中午 12 点向正南方向走出六步，每走一步心中默默呼唤一声她的昵称。

大师说，经过八八六十四卦的精心推演，你们起码还有两年的缘分未尽，只要你按此做了这些，小 G 必会回来。他信了。坚持做了两个月。然并卵。苍天并未显灵，她一直没有回来。他打过电话，但是他当时给她买的 iPhone 6 Plus 也被设置了来电阻止。她就像天上掠过一片白云，地上拂过一缕清风，雨夜亮起一道闪电，晴空划过一颗流星，之后便悄然消逝在了无边无际的大地与空气之中，淹没在了千余万“北漂”男女的蚁族群中。

之后，两个人再没联系。之后，他也逐渐想通了很多道理。一个女人不再爱你的时候，不要问她理由，那些什么我们不适合、我爱上了别人、父母不同意等都是在忽悠你。那个时候，她心里已经不再有你，她虽然知道你还深爱着她，也对你有着深深的歉意，也许偶尔想起你时会很愧疚，但是没有谁愿意让自己爱过的人难过地想着自己。当一个女人不再爱你的时候，你的挚爱、你的人格已经非常廉价，不管你怎么努力，你已经低她一等，这是人的本性。那个时候，不要在她面前流泪，不要向她倾诉你的苦痛，不要在她面前露出楚楚可怜的样子，她那时已经不会给你任何照顾和关心，至多同情一下怜悯一时，而骄傲的你不要放弃本来就属于你的骄傲。虽然有太多的人在爱的面前失去了太多，有些人连站起来的勇气都没了，可你必须记住，只有爱自己的人才会真正疼爱你，而不是旁观者的同情和怜悯。当一个女人不再爱你的时候，你的爱便是她的负担，你不要去计较自己的付出，不要希望有什么好心好报，爱着一个不爱自己的人本身便不会有任何回报。也不要去计较谁对谁错，爱没有谁对谁错，没有谁辜负了谁，没有对不起谁，只有谁不珍惜谁。要记住，这个时候你与她的爱是单边的，你用心，她无意，所以也不要怪她。因为也许她也想做得好一些，她也想努力爱你，对你不那么冷漠。可是你要知道，爱一个人，对一个人好，是人的一种本能，可她已经没了这种本能。也请你不要失去自己的自信，因为爱一个人并非她多么优秀，而只是一种感觉。她让你有了这种感觉，所以你爱她；同样，她不爱你了，也并非你不优秀，优秀不是相爱理由的全部。当她真的不再爱你的时候，也一定要祝福她。有过爱，就不要生恨。爱是美好，恨却丑陋，何必让生命中的美好瞬间化作丑恶呢。也不要感觉不公平，她的离去，她失去的是一个深爱她的人，损失的可能是她一生，而你只是失去了一个不再爱你的人，却得到了重新去爱的机会。更不要去想爱要永远，其实爱难永远，缘分注定了你会在未来某一天也不再爱她。她只是比你提前一步到达了这个彼岸。

可是半年之后，令他万分惊诧的是，他得知她说的那个男友竟然就是给他请来易经大师指点迷津的他的那位至交好友。

又是数十年过去，时光又经历了一次沧桑轮回。

那时，社会贫富两极分化已经到了不可救药的地步。朱门酒肉臭，路有冻死骨。那时，他已老态龙钟，却鳏寡一人。数年前，他喜欢一个人；数年后，他喜欢一个人。退休后，他一直没有间断写作，今天即将完成的这部小说名字叫《虚也无》。电脑前，他打字最后一句：是你的，赶不走；非你的，送一程。其实，你要知道，你难以舍弃的其实就是一种习惯而已。阿门！

敲完阿门两字，他把身子往后一仰，开始闭目养神。

那时的社会早已无人读书，但他仍然坚持在写。就像他明明知道邀请的客人绝对不会来，仍然坚持每天晚上都做几个招待贵客的饭菜，这已经成了他多年生活的惯例和怪癖。当然，这桌饭菜一定少不了一盘西红柿炒蛋。

这时，也是惯例，保姆端来他喜欢喝的普洱茶，不待他端起茶杯，门铃响了。他好像早有预感今天会发生些什么，站起身来走下楼梯，颤颤巍巍走到别墅门口。开门后发现，眼前站着一位 60 岁左右一副穷困潦倒模样的老太婆和她牵着的一条脏兮兮的狗。挎着狗绳的那只手腕上戴着一只他熟悉的手镯。

他十分惊诧。是 ta，特阿他的她！

囧人囧事儿

题记：

把当年哭过的事情笑着说出来，再骂自己一句：当时真的好囧，其实人生没那么多烦恼，好好爱自己吧。

囧字这么火，我也想说说。

互联网兴起和网络语言的流行，已经改变和正在改变社会形态、意识形态与生活万花筒的犄角旮旯。比如这个囧字，就已经成为我们日常行为的各种态度，各种表达，各种哲学。

网络语言流行很快，淘汰得也快。比如俯卧撑很快被槑字取代，让槑字雷到大量网友。从很好很强大到很傻很天真、很黄很暴力，又到关我鸟事，我是出来打酱油的等等，网络流行语平均寿命也就几十天。但是囧则不然，囧就是囧。囧然一看，大口框中八字眉下那张张大的嘴，令人万般诺诺谔谔。揣摩形义，则被赋予了呆、傻、嗫、笨和郁闷、尴尬、悲伤、无奈、惊诧、困惑、窘迫、穷酸、潦倒、无语、反常规、神经病以及不懂装懂、懂了还装不懂、揣着明白装糊涂等等数不清的含义，代指性极其强大，完全颠覆了古人造字本意是象征光明的初衷。仿佛一根扁担，竖立起来是个1字，平行挂起来也是一字，倒了横在地上还是1和一。扁担还是那根扁担，但呈现方式、角度和结论却已千差万别。

已然，普通一个囧字貌似包罗了宇宙万象，有着其他字词无法表达的形容某件事物的万分之一之万一，之庞大，之神奇。

于此，囧字这么大，我想去看看。也想说说我的两件囧事儿。

说之前，想告诉读者，一个人用一个故事说出一个道理就是天才，一个人用一个故事说出多个道理也是天才，但是一个人假如用多个故事说出同一个道理更是天才中的天才。当然不是证明我就是什么天才，而是俺也很囧很囧。

其一，小时候尿床。不是襁褓时往尿不湿或尿褯子上尿，那时还没有尿不湿只有尿褯子，而是从记事的4岁开始，一直尿到高中毕业、上班当了汽车司机、营部书记员、政治干事兼保卫干事，直至21岁加入中国共产党宣誓要为共产主义奋斗终生。

其实，28 岁结婚之后还尿过一次。

但是那次尿床前妻不让写在这里。她说过，即使我死了之后你也不许跟外人说了这件事，因为我不能嫁给一个尿炕精。

由于小时候尿床成了习惯，妈妈一直坚定不移地坚持说我尿床绝对是有病。没说有病得治，不能放弃治疗，说是当年爸爸还在中央建筑工程局某工程队当瓦匠的时候，被调去兰州修建祁连山黄河水电大坝，后来又去支援建设玉门油田。说那时家在兰州，爸爸妈妈要去玉门上班，刚刚记事的我由奶奶看护并且是奶奶没能尽职尽责给我睡木板床着了凉。说奶奶睡的虽然也是木板床，但是上面铺了一条厚厚的褥子，我的板床却只有一条薄薄的褥单，快入冬了还让我穿着一双夹鞋片子到处乱跑。说百病由寒起，寒气足下生，也是脚下严重着凉落下的病根。

可是兰州给我留下的最深记忆只是家的门前有一棵枝叶繁茂的庞大枣树。枣树离家门很近，家门离枣树也很近。那时我特别淘气特别喜欢爬树，每天午饭时都是奶奶举起一根长长的木杆，拨拉着树枝树叶在树丛中找到我并用长长的木杆捅我屁股喊我下来吃饭。

尿床这件事妈妈总是在每年除夕之夜全家人围在一起包饺子的时候必然向全家人痛诉一次。并且年年如此，直到老人家过世。妈妈在世时一直超喜欢孙男娣女一大家子人团聚一堂的时候给全家人忆苦思甜，宣讲过去的往事。每年那个时候，我们这帮儿女剁馅儿的剁馅儿，和面的和面，擀皮儿的擀皮儿，包饺子的包饺子，看着我爸和儿孙晚辈们嬉戏打闹或看着电视，妈妈就双腿盘坐在床，点上一支香烟，边吸着烟卷儿，边看着我们忙活，边讲述家里过去的故事。

我们儿女们都知道，只有这个时候才是妈妈一年当中最最快乐幸福的美好时光。

妈妈每年那个时候说的第一件事并不是先说我尿床，而是先从嫁给老王家当大儿媳妇特别受气开始，从数落我爸爸我奶奶和从十月怀胎怀上我那年跟我爸爸在兰州城里逛街最先说起。妈妈说，怀上我的时候特别嘴馋特别想吃满街摆摊儿甩卖的又黄又软又酸又甜的大杏和小杏。妈妈说那时想吃那杏想得直流口水，恨不得发疯地扑到摊床上去抢。妈妈说那时那杏便宜得只有两分钱一斤，你们的爸爸硬是一次都没给她买过。不给买不是因为吝啬，是因为家里的财政大权一直是奶奶掌管，爸爸只负责挣钱不管花钱兜里也没钱，只能带着妈妈到处瞎逛。后来我们长大了，妈妈每年讲到此处时，我们兄弟姊妹每每要问当时爸爸为什么不向奶奶要钱给你买点呢，妈妈这时就会叹息一声，说那个时候家里太穷了，时代也跟现在大不一样，即使买了，也不能先吃，必须先孝敬你们奶奶尝鲜。

此事给我的教化是，第一，人的一生必须孝敬长辈，逢年过节都要回家去陪老爸，有事没事都要常给老人打个电话问候一下；第二，必须心疼自己的女人，在我娶过的两个老婆分别怀上一儿一女时，想吃啥就买啥，即使自己穿得破衣喽嗖也必须满足老婆的嘴瘾。

妈妈给我们留下了很多母训。妈妈去世的时候我在妈妈大红棺材灵柩前长跪不起，哭得特别伤心。最最伤心的就是因为妈妈确实一生里不仅没有吃过那杏也没有享过太多清福。

妈妈那时说完那杏，便开始数叨我奶奶不是特别疼爱我的一系列馊事儿，尤其要把我落下尿床的病根儿作为奶奶疏忽我健康成长的典型事例常常翻出来数落一番。

奶奶生在清朝末年，小脚，三寸金莲，却是家族里至高无上的比慈禧还要慈禧的慈禧太后。因为那时家家都不富裕，婆媳关系和睦相处的几乎没有。但是在那个年代里，女人在男人老人面前必须绝对的百依百顺，三从四德，妈妈只能充当低三下四甘心受气的小媳妇。由于爷爷去世得早，奶奶三十几岁就开始守寡，独自带着我爸爸他们三个儿子三个女儿六个子女撑起了这个家，直到老人家104岁仙逝，都做到了对我爷爷的贞洁和对我们这个家族从一而终，没有再婚再嫁。妈妈虽然嘴上数落我奶奶霸权主义十分严重，对晚辈也非常刻薄，但是孝敬公婆也是必需的，给我们后代人做出了比雷锋还要雷锋的榜样。记得奶奶活到百岁前后，身子骨已经不大灵便，妈妈那时也已是60多岁的老人，但是还在坚定继承着孝敬公婆的优良传统，每天都给我奶奶的满头银发梳理得整整齐齐，屡屡刮刮，常常沾湿了毛巾抹上香皂反反复复给我奶奶全身擦洗得清清爽爽，干干净净。

妈妈也知道我自尊心太强，常说起我尿床的毛病而且有时公开去说，我也明明知道这是在告诫我尿床之类的事那都不叫事儿，别把这个当作丢人的事儿，是在强大我的自尊心和自信心，抹去我心理上的阴影和压力。可是，这种压力是无形的，差一点改变和扭曲了我的一生。尤其读高中开始一直到参加工作住集体宿舍的每一次尿床，每一次都痛恨和羞愧自己到自杀寻死的心都有。

不知道别人尿床是怎么个尿法，我那时每一次尿床都是因为睡中有梦，梦里有尿。有尿了，就梦里到处寻找厕所，可是每一次都不能找到像样的厕所，等好不容易找到个僻静处却已经憋得实在不行了掏出家伙就尿了，尿了就醒了，醒了也就尿床了。

假如前半夜尿了还好些，可以用身体的热量慢慢地溻干，后半夜尿了就惨了，白天不敢拿出去晾，只能不敢迭起被子捂着盖着褥子，而且还生怕有谁出于好奇掀开被子被人发现。高中三年，隐蔽得很好，20 多人住一个宿舍竟然没人发现，但每次尿床的自卑、羞愧和悔恨自己的郁闷只有天知地知和我知。

上班之后先在兵团师部汽车连开汽车当司机学员，三个班一个排 30 人一个大宿舍，因为害怕尿床怕人耻笑，甚至多次整夜整夜地不敢睡觉，然并卵，尿床的陋习还是被发现了。发现的人是我开车的师傅。哈尔滨下乡的知识青年。那天中午，出车回来发现捂着被尿了的被子底下的褥子不见了，顷刻惊出一身冷汗。然后到处寻找，发现我的师傅在一间车库里正用熨斗在给我慢慢地熨干我的褥子。我的眼泪不知不觉就流了出来。当时，我没有惊动师傅。

后来，我的师傅把已经熨干的褥子又在宿舍里没人的时候给我悄悄铺好。此后，这件事师傅从来没有提起，哪怕对我一点暗示都没有过，好像什么都没发生过一样。

这位教我学会开车的师傅姓苏，苏北人，参加过抗美援朝战争，战后集体转业开发北大荒的老兵。后来，我和苏师傅自然成了忘年之交，莫逆之交。再后来的有一天，苏师傅给我讲了他在江苏老家农村唯一一个儿子的一段故事。他说，他儿子前胸有块红痣，天生的，很大一片，打小就不好意思脱光了衣服遮遮掩掩，直到结婚前也没人知道。结果结婚后老婆却为此离婚了，离婚后的媳妇还到处乱讲她是为了这块痣而离的婚，结果对儿子的自尊心伤害很大。

也就是从我听到这个故事那天起，我开始懂得了人的善良本质的更深一层的含义。懂得了什么是善待别人尊重别人尤其是尊重别人隐私真的就是一种境界，一种修养和高尚。也由此深深懂得了善待别人尊重别人和尊重别人隐私也就是严重的尊重自己。有些事情自己知道就好，没必要非去追问，即使有了答案你也未必接受。有些人自己认清就好，不值得你再去纠缠，感情去留不能勉强。人心有真假，时间会见证冷暖，时间带不走朋友，岁月也留不住虚幻。走一段路，总能有一次领悟。经历一些事，才能看清一些人。不离不弃的是朋友，不见不散的才是真正的友谊。

老苏是好人，好人也常在。苏师傅后来退休回了苏北老家，我也曾去看望他几次，老人家如今已经 80 多岁。虽然我尿床那件事我们至今都没有提起，但心照不宣的神交已久只有我们两人才懂。

我与老苏的缘分也让我懂得了人与人之间的交往有时不仅是核裂变的物理现象，也可以产生酸碱盐综合的化学反应。

之二，我决定不再当什么狗屁专业作家那年的无奈选择。

之后，很多知心朋友和同行对我当年不再写作表示特别不解，特别惋惜。有的甚至窝囊我说我当年弃文从政不再去搞文学创作是中国文坛的一大损失，说你看当今走红的作家莫言、王朔、刘恒、刘震云等当年出名出道都比我晚，当年提名都在我的排名之后。也许这些话出自真心，但我知道我自己绝对缺少这些哥们儿们那种天赋，那种刻苦，那种幸运，也没有那种一条道跑到黑的那种韧性。

猫有猫道，狗有狗道，我有我道。我很敬佩他们，但从不后悔。

其实，我不再从事专业写作既是偶然也是必然。是我那年刚刚完成《雪葬》那部书稿就要交给出版社付印前几天家里发生的一件小事。

那年，是组织上安排我从事专业作家工作的第四年。所以叫作工作，是组织上从此再不给你安排任何办公事务杂务不用朝九晚五地坐班还每月每年一分不少地给你发着副处级干部的工资还不用自己出钱去买稿纸信封还有收发员伺候你给你每天跑来跑去送来全国和世界各地给寄来的来信来函报纸稿酬取款单等可你就专门负责一门心思从事自己的小说创作的工作。

说句心里话，我当专业作家那四年内心很不自在，几乎每天都深深感觉愧对了组织愧对了人民愧对了党。心里非常愧疚拿着国家的俸禄挣着自己的钱财；种着资本主义的草，铲着无产阶级的苗；养着吃着社会主义的羊和羊肉，却薅着资产阶级的羊绒和羊毛。

四年中，心里一直很不落忍。

那是 1989 年 8 月的一天，家里做饭烧水用煤气没气了，断顿了。

我那时虽然做了专业作家，行政关系工资关系在省城哈尔滨的作家协会，住房和党的组织关系却还在佳木斯市的省农垦总局未动。家居生活和后勤保障还归农垦总局负责。那个年代家用煤气刚刚兴起，住宅小区和居民楼也没有修建煤气管道，家家使用的都是煤气罐。农垦总局机关家属的煤气要从大庆市萨尔图用油罐车统一运回总局液化气站，然后各家再扛着自己用空的煤气罐去换装满的罐。那时的煤气是稀缺资源，限量供应，凭票领取，每家每月只有一罐。即使这样，总局机关住宅小区也不是所有居民都能用上煤气，只有科级以上干部的家庭才有这个待遇。

那个年代不像现在，煤气还是高科技，用着很新奇。那个年代也很像现在，总是把人分成三六九等。比如享受科级以上干部待遇的人，才可以享受使用煤气的特殊待遇，而那些普通科员职员和机关职工只能还在提着一筐筐的煤炭，烟熏火燎地烧水做饭。但是那个年代有一点挺好，就是大家伙还有点剩余的信仰，怨言不多，也不闹事，因为毛主席那句谆谆教导还非常管用：官长骑马，是工作需要。

毛泽东这句官长骑马是工作需要的话是他在延安颠沛流离时说的。他本人行军就骑马，所有的战士却都得扛枪走路，所以他顺口就来了这么一句。结果后来成了官长可以胡搞特权的最高指示。可是这句话一打小给我的启示就是，等我自己长大了也一定要挎手枪，骑大马，不能扛着沉重的机枪步枪冲锋枪跟着拿手枪骑大马的当官的屁股后面紧追慢赶，打小就对当官的很不服气。人都是两条腿撑着个肚子，两个肩膀顶着个脑袋，凭什么你能骑马我们跑路，你拿着轻巧灵便的手枪一比划，我们就得冲锋陷阵。凭啥。

话题还是回到那年 8 月的一天，我家煤气罐空了，没气了，断顿了。

那时我家具体住址是佳木斯省农垦总局机关小区。液化气站距离我家 800 多米，一个空的煤气罐重量大约 20 几斤，装满之后 40 多斤。当时还算年轻，30 岁出头，住宅楼没有电梯，楼层虽不算高，我在七楼，却没有八楼。这么说吧，当时家里最重的体力活就是换煤气罐了。每次换罐把空罐扛下楼要喘口气歇一歇，扛到液化气站要大喘气歇上十几分钟才能继续往回扛。煤气罐装满液化气后往回扛就更加费劲。自己举到肩上要费出吃奶的力气，往回扛走到一半的路上要找面矮墙把罐子放在上面歇一歇，不然举到肩上太费劲。走到楼下还得歇一气，否则真的扛不上去七楼。

就是这么严重的一项重大工程，那天的我费劲拔力把空罐扛到液化气站，人家却说今天没气了，明天再来吧。我说我时间太少了，扛罐也太费劲了，能不能找领导通融一下，我就换一罐，仅仅一罐总会有吧。这时，站长叼着前门牌香烟从屋里扭扭嗒嗒出来了。那时，我抽的烟是红梅，比他抽的前门差了一个档次。他说，实在对不起王作家，今天去大庆拉汽的油罐车路上抛锚回不来了，你还是明天再来吧。我很熟悉这个站长，姓陈，前几年就一普通工人，留在农垦没有返城的上海知青，负责给机关家属房维修房子的瓦工，但这小子天资聪明会来事儿，特别擅长溜须拍马竟然很快混到了科级干部的站长位子。接着，这个陈站长开始跟我胡扯乱拉，说你写小说很赚钱吧，听说你一篇小说就好几百稿费，顶我仨月工资了。我只能低三下四一支接一支递上红梅，结果他抽了我三支红梅烟也没提起换煤气罐的事儿。

与陈站长反复商量反复恳求未果，只好悻悻地自己把空罐扛回家。结果，呼哧带喘爬到七楼正在掏出钥匙开门进屋时，两个液化气站的工人扛着的一罐液化气"哐当"一声放在了我家对门的门口。我家对门住的是机关房产处的一位副处长。

TNND，老子去换气没有，那孙子他家就有。他特么副处级老子也副处级，可他不但有煤气可灌，还特么有工人给扛罐送气上门。显然，听那"哐当"一声就证明那是一罐装满煤气的罐子。

回家的当天，我做了两件事。先给省作家协会驻会领导打了个长途电话，求爷爷告奶奶地埋汰窝囊自己已经江郎才尽，实在是灯枯油尽实在写不出任何东东只能写辞职报告了。接下来又给农垦总局主管意识形态的老领导，一位副书记打了个电话。这位书记很有背景，曾是我们新中国国家副主席王震将军的秘书，是王震将军率师开发北大荒时北大荒急缺干部把他留了下来，早就知道他八面威风，说一不二。我也一直非常尊敬这位老前辈，当时我很谦卑地说，您不是跟我商量过别总闷在家里搞什么文学写什么小说了，目前就缺我这样有创新精神的牛逼干部要我去当广电局的局长么，我思想斗争很久了今天想通了，觉得您对我是太了解太关怀备至了，我再不答应，就是太没党性原则太装大尾巴狼太对不起您老人家对我这么多年的抬举抬爱了。

结果，总局党委刚刚开过会议任命我当局长还没等我上任，那个姓陈的上海知青、液化气站站长就带着两个工人给我送来了一罐满满的煤气罐。我问，按规定不是一家只能有一罐煤气吗？他说，有权不使也是过期作废，咱说了算的也就这点小事儿。您家多存一罐儿，以后您也别再扛着死沉的罐子去换，不等空了我就会派人送来。

我看他那个样子很可笑，只说了句，还是我对门的李副处长优先吧，他可是你的老客户了。

他说，王局你也知道，我这么多年最最讨厌哈尔滨知青了，太野蛮，没教养，说打人就动手。你不知道吧，这个李就是哈尔滨的啊。

我有一搭没一搭地回道，打人不动手怎么打？

陈站长愣了一下说，我这话可是跟谁都没有说过，知道你王局嘴严，你可要打死也别告诉别人啊。

本来，我在家专业写作时，我和我家对门那位哈尔滨知青、李副处长是鸡犬之声相闻却老死不相往来。可我上任局长前一天，这位大权在握的李副处长就光顾了我的寒舍，拿来两瓶茅台，两瓶五粮液，让机关食堂给做了满桌子的美味佳肴送到家里，非要和我一醉方休。并且，他和我称兄道弟的知道我喜欢抽烟，还特意送我两条中华，两条三五，还有一大箱大连产的海鲜塑封干品，说是给我孩子补补身子。

那天的我，也是醉了。

后来，很快发现，广电局长和电视台长这个工作确实不错，不仅赚钱不比写作少，还可以像主人耍猴儿一样玩着玩着就把钱赚了，比特么写什么狗屁小说要强上千倍百倍。只要你电视台表扬哪个干部连续上过两次新闻节目的头条，这个干部很快就会提拔重用。某种程度上，电视台发现和提拔干部要比党委组织部管用。

相反，如果哪个单位出了严重违法乱纪的胡来事件或行为，只要电视台记者查实曝光一次，那个单位的主要领导干部不是被问责被免职就是被双规被法办。某种程度上又是党的纪律检查委员会。

就这样，放弃文学去搞新闻，一干就是十几年。还混了个高级编辑职称，成了正教授级的高级知识分子。

后来，多年之后，我再次见到那个姓陈的液化气站站长时，他已经退休回了上海老家。他问我还在记恨当年的他吧，我回答绝对没有，而且一直心存感激，是你让我懂得了什么是社会，什么是江湖，什么是识时务者为俊杰这句话的实用价值。他还问我，还记得那时机关房产处的李副处长吗？我说当然记得，当年他可是没少给我中华烟和猪羊牛肉各种海鲜产品，我也非常感谢他。可是陈站长告诉我，李副处长后来当上了建筑集团总公司的董事长，腐败了，双规了，双规期间突然逃跑了，爬上一座高楼的顶层跳了下来，自杀了。

听了这个消息，我沉默许久。然后猛然拧灭丢掉手里的中华烟，突然找到了自己回归文学的必然性和重要性。李副处长的悲剧既是他人生的杯具也绝不是他个人的杯具，因为杯具坯料来自社会土壤。他坑的是他爹他妈他的子女，可是老赵家坑的却是要了他的小命。

最后，只想说，挑战自我也要适应社会。目的都是实现人生价值的最大化，条条大路通罗马。如果一个人能在一棵树上吊死三回，那么这个人也就早该自刎，向社会谢罪。

昨天，只是一张过期的支票，明天也是没有兑现的期货，只有今天才是一把斧头换回三只绵羊的现金。

希望您，没有躺着中枪。

岁月　年轮　人寰（自跋）

书稿付梓那天，两腿间会阴部拱出个疖子。疖子米粒大小，红晕中心有个黑尖儿，黑尖周边有些发白，发白的皮下应该是脓。看着看着，想起一句俗语：穷生虱子富生疮。

那么问题来了。一是我目前还没有恐怕今生也不会大富大贵，却长了个疮，且长在私密处，但愿这是要悄悄高富帅的节奏。二是觉得穷生虱子这句话蛮有道理，小时候家里很穷的时候身上生过虱子，如今在公园里有时看到两只猴子一边晒着太阳，一边给对方捉着身上的虱子然后用手挤死或者用嘴吃掉，我已基本脱贫的满足感幸福感立马油然而生，虽然那些猴子可能比我还要满足和幸福。

至于疖子长在什么地方都讲了出来，初衷是想活得实实在在，坦坦荡荡，而非苟苟且且，鬼鬼祟祟。即使不能像刘胡兰那样生得伟大，死得光荣，也要活得磊落，做得光明。正如本书所有讲述，或真实，或虚构，主旨是把胸骨撕开，晒晒人心，让读者与作者心与心碰撞、融汇和交流，私聊五毛钱人生人性美悲壮美和野性美的话题。当然，我断定自己绝对不会被读者视作是个五毛。

离开文坛许久了，多少有些陌生。

第一部小说集《雪葬》作为“文学新星系列丛书”出版和再版均已多年，成名作《野狼出没的山谷》发表也整整30年了。当年同代一起学习码字的莫言、刘恒、刘索拉、徐星、刘震云、马原、张平、铁凝、王安忆、扎西达娃等，有的已经登顶诺贝尔，有的官至副国级别，也有几位兄长好友如郑义、苏晓康等旅居海外，而更多的则匿迹文坛，雅居各方，混迹于三教九流之中。如我。

完成这部书稿后，搜索第一本小书和那篇小说诱使我走上文坛和与文学有关的记忆，细节已经模糊，筋骨脉络还在，而蛰伏在生命某个角落里的文学激情也被由此煽动点燃。

那个时期文学很酷，我也不老不小，刚刚30岁出头。血气方刚，野性十足，义无反顾，莽撞前行。不像现在有些人，打小活得就像个老头儿，而有些老头儿则越活越天真得像个三岁娃娃。

那时是崇尚文学的时代，但是要说文学多么高尚，我至今都认为那是瞎扯。成名成家、图名图利、出人头地，倒是真的。

那时当个文人特牛×，诱惑力挺大。贾平凹曾给我看过手相，我当时以为他会说“男属羊、势如狼”之类，可他摇头晃脑哼唧了半天，说我命理上天生就是文官的货，并将以刚克刚。当时我想，血气方刚也要恰逢有血性的年代，一匹好马也要添加夜草，喂点精料，遇到知音和伯乐。因此我把一句信条摆在案头：一个作家即使再有天才，如果不能安稳地俯首案头和遇到伯乐，也成不了天才。

王蒙和朱伟，是我当年跨入文坛门槛的知音和伯乐。

王蒙曾任中华人民共和国文化部部长，后者则任过《三联周刊》主编。现在都已退休，赋闲或周游世界。

那是80年代初叶，举国上下刚刚搞完批林批孔和批邓，正在大肆围剿“资产阶级人性论”和“精神污染”。我的《野狼出没的山谷》作为典型“人性论”作品，就分娩于那年那岁。而假如当时不能印在《人民文学》，不获得那么多优秀奖佳作奖，也就没了我在文学创作的路上走了很久很久。

朱伟当时是《人民文学》编辑，王蒙则是主编。1984 年 4 月，朱伟去黑龙江组稿，我把已被多家刊物退稿枪毙的那篇稿子交给他，结果没过多久，我的墨字就铅印在了该刊 8 月号头题。

在东北小城佳木斯，朱伟当年看过稿子后悠悠地说：这篇东西有种难得黏糊糊的深刻，至于黏到什么程度，只能意会不能言传。朱伟的深邃似乎总是隐藏于他舒缓语气的淡定之中，正如他后来主持《三联周刊》，把一桌沙龙国宴推进了大众食堂。

在南京，王蒙大师把全国优秀短篇小说获奖证书颁给我时讲道：万万没有想到，把人、狗、狼的故事写得那么悲壮的作者，原以为是个车轴汉子，可你竟是一位温文尔雅的翩翩少年。王蒙先生富有挑战世俗的思想锋芒总是见诸于他无处不在的调侃和幽默。

一条路走得太久了会乏累于路的漫长，旅途中种种诱惑有时也会令你朝秦暮楚。年轻的时候，从工从政、弃政从文、半政半文多次转轨，但文学的魔力已经渗入骨髓，总是罢手不忍，欲弃不能，推动我走过了半部人生。从参加工作起，由汽车司机而机关书记员，由师部党委秘书而办公室主任。但是，当组织上就要提拔我穿上军装去当正团职武装部政委，或去担任中共某党委宣传部部长的时候，我却毅然选择去做了一家文学刊物的小说编辑。

弃政从文，不仅是厌倦了虚伪，也为了文学。

那时的人们还把文学叫作人学，值得君为伊狂。为了写好一个“人”字，胆汁都甚至淌了一地。总在试图用自己的本能描出一撇，用灵魂写出一捺，可最终发现，堂吉诃德大战风车的故事还应该再多读几遍。于是做了四年专业作家之后，40岁了又再一次为了生存，放弃写作进入了影视行业。直至由北大荒而佳木斯而哈尔滨而又首都北京，驿站四处，一路走来。

30岁前，没有结婚，仅仅摸过一次女孩儿的嫩手。30岁后，黑白电视转成彩色电视也浑然不知。短缺人间烟火，抑制七情六欲，抽烟喝酒不锻炼。40岁后，码字方面也一点不敢懈怠，一直坚持业余写作，各种奖状证书也装了半麻袋。可以想象，土爆子不开花的时候什么模样，我那时就什么模样。

那时的人还懂得敬畏。敬畏生命，敬畏先人，敬畏自然，也敬畏文学。我们疯狂写作的年代是上个世纪80年代，我们共同敬佩的除了国外一系列的什么夫，还有当时国内笔耕不辍的巴金、葛洛、汪曾祺、张弦、陆文夫、张贤亮、刘宾雁、邓友梅、刘再复、李国文、雷达、崔道怡等一大批长者，他们很爱护我们这些晚辈后生，每一次与他们谋面总像老朋友大朋友一样，给过我和我们很多很多做人做文的启迪和教益。只要我学而不厌，他们就悔我不倦。

进京也已10年了。这十几年二十几年，举国上下都在忙着到处找钱，我的小说也早歇菜了。好多哥们儿说，只要你不再去写什么小说，人就立马滋润起来了。他们说我滋润了我懂，一是我的脸频有了些红晕不再那么菜色病态了；二是个人GDP有了些许增值和积累，吸烟都由“大前门”变成“红塔山”软包了；其三其四虽然大家谁都不讲不说，都怕磕头买个爹，烧香引出鬼来，但谁都心里明镜儿似的知道，随着社会的金钱至上、信仰缺失、审美错乱、诚信缩水、道德贬值等，随之而来的必然是文学就是扯淡，扯淡也是为了赚钱。

但是我们这代人也一直坚信，文学不是万能的，但一个国家一个民族没了文学却是万万不能的。

回首来路，有些苍凉，也有悲壮。当年那些码字的人有个口号叫唤醒全民忧患意识，可是多年之后不但没唤醒别人反而自己也睡了。按现在网络语言来说，你永远也叫不醒一个装睡的人。

有时扪心自问，你成功了么？每次都自问自答：曾经的小有所成虽在99次失败之后，但失败的那段忘我时光其实就是坚守，看上去也是的确很美。

如今这年头貌似已经没有了敬畏，也少了很多社会责任和忘我。可我经历的那年那岁那人和那些敬畏那些忘我，却有如鲜活的生命还在胎动着，生产着，替代着，延续着。特别是那些难忘的文人群体，真的是一群有责任、有血性、有尊严、有操守、有追求、有底蕴、有建树、重情义、敢担当的群体。

他们都是好人。

2016年4月12日跋于中国电影集团